Dirgelwch Gwersyll Glan-llyn

Gareth Lloyd James

Gomer

I Macsen Llwyd
fy nai
ar ei ben-blwydd cyntaf

CCBC
355971

Cyhoeddwyd yn 2009
gan Wasg Gomer, Llandysul, Ceredigion SA44 4JL
www.gomer.co.uk

ISBN 978 1 84851 033 3

Dymuna'r cyhoeddwyr gydnabod cymorth
adrannau Cyngor Llyfrau Cymru.

Argraffwyd a rhwymwyd yng Nghymru gan
Wasg Gomer, Llandysul, Ceredigion.

Cynnwys

1

Cyrraedd

Dim ond un peth oedd ar feddwl Glyn wrth iddo gyrraedd y gwersyll – bwyd! Wel, bwyd a'r angen i fod y cyntaf yn ei stafell wely er mwyn dewis y gwely gorau.

Doedd e heb fwyta ers amser brecwast, a chan ei fod wedi teithio yn y bws am dros ddwyawr roedd ei fol bellach yn gwneud synau rhyfedd iawn! Wedi iddo hyrddio heibio i bawb yn yr eil gul, gan wasgu traed o leiaf dair merch dipyn yn llai nag ef ei hun, camodd oddi ar y bws. Doedd Glyn ddim yn hoffi sefyll mewn rhesi ac aros ei dro. Byddai'n casáu gorfod cerdded 'mewn rhes sengl' a 'fel pren mesur' fel y byddai ei athro, Mr Llwyd, yn arthio arno i'w wneud. Doedd dim syndod, felly, wrth weld Glyn â'i ben wedi'i gladdu yng nghrombil cist y bws yn chwilio am ei fag a'i sach gysgu, a'i goesau'n cicio'r awyr iach – ac, yn anffodus iddo ef, yn cicio Mr Llwyd yn ogystal wrth i'r athro gamu'n ôl yn frysiog wrth geisio rhoi trefn ar y criw a oedd bellach wedi ffurfio'n rhes igam-ogam y tu ôl i'r bws.

'Dewch nawr blant, un rhes syth, os gwelwch yn dda, fel pren mesur. Fel pren mesur dd'wedais i, Jac. Jac! Wyt ti'n gwrando? Aaaawww!' ebychodd Mr

Llwyd wrth deimlo treinyr Glyn yn taro'i glust dde, gan greu bîp annioddefol tu mewn i'w ben. Fel mellten, trodd yr athro i wynebu perchennog y treinyr. Wrth iddo sefyll yno, daeth trwyn Glyn o fewn milimedrau i drwyn Mr Llwyd. Am funud neu ddwy bu'r ddau'n edrych i fyw llygaid ei gilydd. Roedd llygaid Mr Llwyd yn fflachio a'i wyneb yn ferw goch. Roedd ar fin ffrwydro pan dasgodd y geiriau 'RHES SENGL, GLYN DAVIES!' o'i enau.

'Iawn Syr,' mwmiodd Glyn yn dawel dan ei anadl cyn llusgo'i fag a'i sach gysgu ar hyd y tarmac heibio i weddill y dosbarth ac i ben draw'r ciw.

'Pren mesur nawr, blant, yn syth fel pren mesur! Dewch mla'n nawr! Chi'n gw'bod y rheolau,' atgoffodd Mr Llwyd nhw am y trydydd tro wrth gwt y bws – ac am y degfed tro y bore hwnnw.

'Carwyn, ble ma' dy fag di? O, aros funud! Dyma'r gyrrwr yn dod. Fe wneith e dynnu'r bagiau mas i ni.'

Gyda hyn, cerddodd hen ŵr blinedig yr olwg o gyfeiriad ffrynt y bws, gyda hanner sigarét yn hongian yn llipa o gornel ei geg, a'i ddwy law yn ddwfn ym mhoced ei drowsus treuliedig.

'Aha! Mistar Gyrrwr,' dechreuodd Mr Llwyd gan wenu. 'Tybed a fyddech chi gystal â thynnu bagiau'r plantos annwyl yma allan o'r bws i ni gael arbed ychydig ar eu cefnau nhw?'

Gyda hyn agorodd ceg y gyrrwr led y pen nes i'w

sigarét gwympo i'r llawr tarmac. '"Annwyl" wedsoch chi? "Annwyl"? Ha! Dwi 'di gweld siarcod anwylach na rhai o'r plantos yma!' atebodd Gwilym y gyrrwr yn sych.

'Nawr, nawr, Mistar Gyrrwr,' dechreuodd Mr Llwyd, 'wedi ecseitio'n lân y ma'n nhw wrth gwrs am eu bod nhw'n cael dod yma i'r gwersyll am dridie. Fyddech chithe 'run peth â nhw, chwarae teg . . .'

'Mr Llwyd! Mr Llwyd!' sgrechiodd Eirlys dros y lle i gyd gan wneud i Mr Llwyd, druan, neidio allan o'i groen.

Rhedai Eirlys o gyfeiriad y cae gyferbyn â maes parcio'r bysiau gan chwifio'i breichiau mewn panig. 'Mr Llwyd, ma' Glyn yng nghanol y defaid yn y cae acw!'

'Glyn . . . yng nghanol cae . . ? Yng nghanol defaid . . ? Ond dim ond eiliad yn ôl wnes i ei anfon e o 'ma gyda'i fag,' atebodd Mr Llwyd, a'i lais yn dechrau crynu. 'Gobeithio y bydd e'n iawn! Ma' defaid yn gallu bod yn hen greaduriaid bach peryglus weithiau . . .'

Os oedd Mr Llwyd yn disgwyl gweld Glyn ar ei liniau mewn pwdel gyda'r defaid o'i amgylch yn ei gicio, yna roedd sioc yn ei aros! Pan gyrhaeddodd yr athro y giât a arweiniai i'r cae, gyda gweddill y plant yn ei amgylchynu, roedd yn methu'n lân â chredu ei lygaid. Yno o'i flaen roedd Glyn ar gefn y ddafad fwya'n y cae, yn rasio o un pen y cae i'r llall, ei law chwith yn dal yn sownd yng ngwar y ddafad a'i law dde'n chwifio'i sach gysgu yn yr awyr mewn cylchoedd o amgylch ei ben, ac yn gweiddi 'Hiiiiii haaaaaa' nerth ei ben fel cowboi!

'Glyn Davies! Beth ar wyneb y ddaear wyt ti'n neud?' arthiodd Mr Llwyd nes bod ei lygaid yn chwyddo allan o'i ben. 'Dere 'nôl fan hyn ar unwaith!'

'"Annwyl" myn brain i – ha!' wfftiodd Gwilym y gyrrwr wrtho'i hun gan droi i gyfeiriad y bws. Chwaraeai hanner gwên ar ei wefusau – y tro cyntaf iddo wenu'r bore hwnnw.

Erbyn i Glyn gyrraedd yn ôl wrth y giât, roedd wyneb Mr Llwyd wedi troi o fod yn goch, i wyn ac yn ôl i goch unwaith eto wrth glywed bloeddiadau'r plant yn canmol Glyn am ei antur. Tueddai talcen Mr Llwyd i fynd 'nôl ychydig pan fyddai'n grac. Edrychai weithiau fel petai'n gwisgo wìg am ei ben oherwydd byddai ei wallt yn symud 'nôl fel petai rhywun wedi rhoi plwc sydyn iddo! Byddai gwythiennau ei ben hefyd yn fwy amlwg, a'r eiliad hon edrychai fel petai nadredd yn ceisio gwthio'u ffordd trwy wythiennau'i dalcen.

'Glyn! Glyn! Glyn!' siantiodd bechgyn blwyddyn 6 gyda'i gilydd wrth i Glyn ddod tuag atyn nhw'n wên o glust i glust ac yn fwd o'i gorun i'w sawdl. Edrychodd Glyn yn amheus ar Mr Llwyd a phenderfynodd nad oedd am drio'i lwc wrth wneud rhyw sylw haerllug. Felly anelodd yn syth tua blaen y bws, cydio'n ei fag, a disgwyl i'r lleill ffurfio llinell syth 'fel pren mesur' y tu ôl iddo.

* * *

Ychydig funudau'n ddiweddarach safai ugain o fechgyn diamynedd iawn y tu allan i floc stafelloedd cysgu'r bechgyn.

Roedden nhw'n ddiamynedd am eu bod nhw'n awyddus iawn i wybod ym mha stafell a chyda phwy y bydden nhw'n rhannu'u losin a'u straeon ysbrydion yn ystod y ddwy noson ganlynol. Wrth reswm, doedd y bechgyn ddim yn cael penderfynu drostynt eu hunain. Roedd Mr Llwyd wedi dweud yn berffaith glir cyn dechrau'r daith mai ef, ac ef yn unig, fyddai'n penderfynu pwy fyddai'n rhannu gyda phwy.

Wrth sefyll yn eiddgar i glywed eu henwau, roedd Glyn, Deian, Rhodri a Jac yn glustiau i gyd wrth obeithio y bydden nhw'n cael rhannu stafell. Doedd dim modd eu gwahanu nhw yn yr ysgol, a hyd yn oed ar ddydd Sadwrn bydden nhw'n cwrdd â'i gilydd i chwarae pêl-droed yn y bore ac yna gwylio tîm cynta'r dre yn chwarae yn y prynhawn. Roedd y pedwar wedi bod yn ffrindiau ers dyddiau'r ysgol feithrin. Roedd Deian a Jac hyd yn oed wedi eu geni o fewn diwrnod i'w gilydd, ac oherwydd i'r ddau gael eu geni yn yr un ysbyty hefyd, mae'n siŵr iddyn nhw rannu'r un stafell rywbryd yn ystod eu

11

nosweithiau cyntaf ar y ddaear! Honnai Deian ei fod yn cofio gweld Jac yn dod i mewn i'r stafell chwap ar ôl iddo gael ei eni, yn sgrechian dros y lle i gyd, ac yn gwneud pî-pî dros y nyrs oedd yn ei gario!

'Nawr 'te fechgyn,' meddai Mr Llwyd yn bwyllog, 'fel ry'ch chi'n cofio, y *fi* sy'n cael y fraint o'ch gosod chi yn eich stafelloedd.' Oedodd am eiliad i edrych ar wynebau'r criw o'i amgylch. Oedden, roedden nhw'n edrych yn bryderus iawn a dweud y lleiaf. Yn fodlon, felly, aeth yn ei flaen, 'John, Ifan, Daniel a Tomi. Ystafell 102.' Edrychodd y pedwar ar ei gilydd mewn syndod. A oedd Mr Llwyd yn eu twyllo, tybed? Roedden nhw dan yr argraff na fyddai ffrindiau'n cael rhannu stafell, ac eto, roedden nhw'n ffrindiau pennaf! Aeth Mr Llwyd yn ei flaen, 'Andrew, Lyn, Carwyn a Llion. Ystafell 103.' Unwaith eto, edrychodd y pedwar ffrind ar ei gilydd, a chyn i Mr Llwyd newid ei feddwl dechreuodd y pedwar lusgo'u bagiau a'u sachau cysgu tua'r drws, gan geisio osgoi rhyw ffigwr tal, tywyll a safai fel mynydd o'u blaenau. Roedd ei lygaid yn dywyll, dywyll ac yn rhythu i gyfeiriad y llyn fel barcud yn chwilio am lygoden. Ciliodd y pedwar bachgen o'i olwg wrth i Mr Llwyd barhau â'i gyhoeddiadau.

'A'r stafell olaf, rhif 104, Rhodri, Glyn, Deian a Jac.'

Tomi oedd y cyntaf i dorri ar y tawelwch.

'Syr,' meddai, 'ai jôc yw hyn?'

'Ha! Jôc? Pam wyt ti'n meddwl hynny, Tomi?' atebodd Mr Llwyd.

'Wel, chi 'di'n rhoi ni gyda'n ffrindiau . . . a wel . . . wedoch chi na fyddech chi'n gwneud hynny . . .'

'Do, do! Dwi'n cofio dweud hynny, ond wedyn fues i'n meddwl, ac fe benderfynes i petawn i'n eich rhoi chi mewn stafelloedd ar wahân, y byddech chi'n crwydro'r coridorau yn y nos ac yn cadw pawb yn effro! Felly, y peth synhwyrol i'w wneud yw gadael i chi rannu gyda'ch ffrindiau!' atebodd Mr Llwyd gan swnio'n falch iawn ohono'i hun.

'Grêt!' gwaeddodd Glyn, gan gydio'n ei fag a'i sach gysgu a rhuthro tua'r drws. Ond cyn iddo fedru symud cam, roedd llaw Mr Llwyd yn cydio'n dynn yng ngwar ei siwmper.

Sylwodd Glyn ar y newid yn nhôn llais ei athro. Roedd yn dawelach ac yn gadarnach nag ychydig eiliadau ynghynt. 'Ond os glywa i fod rhai ohonoch chi'n camymddwyn, fe fydda i i lawr arnoch chi fel TUNNELL O FRICS! Deall . . . Glyn?'

'Deall yn iawn, Syr!' atebodd Glyn yn swta. Tynnodd ei hun yn rhydd o afael Mr Llwyd a rhuthro i gyfeiriad ei stafell er mwyn dewis y gwely gorau.

Fodd bynnag, arafodd ei gam yntau'n sydyn wrth ddod wyneb yn wyncb â'r dyn tal â'r llygaid tywyll, oedd yn dal i sefyll wrth y drws.

2

Miss Hwyl yn hwyr

'Croeso i chi i gyd i Wersyll yr Urdd Glan-llyn. Huw Antur ydw i a fi ydi Pennaeth y gwersyll. Cyn i chi ddianc allan i'r haul i fwynhau'r gweithgareddau, mae'n rhaid i mi'ch hatgoffa chi o'r rheolau . . .' Daeth ambell ochenaid o'r gynulleidfa o'i flaen. 'Ond wrth gwrs maen nhw'n rheolau er mwyn eich diogelwch *chi*, felly gwrandewch yn astud . . .

'YN GYNTAF, does neb ar unrhyw adeg i fynd allan o gatiau'r gwersyll, na chroesi'r ffin i unrhyw gyfeiriad oni bai fy mod i, neu un o'r staff, wedi rhoi caniatâd i chi.'

'Dyna roi diwedd ar dy syniad di o ddianc i'r Bala i nôl siocled 'te, Jac!' sibrydodd Glyn yn ddistaw yng nghlust ei ffrind.

'YN AIL.' Cododd Mr Antur ei lais yn flin gan edrych i gyfeiriad Glyn a Jac. 'Mae'n bwysig eich bod chi'n *gwrando* bob amser ar gyfarwyddiadau, yn enwedig pan fydd rhywun yn egluro camau diogelwch – er enghraifft, ar y wal ddringo – neu fe fyddwch *chi'n* cael eich brifo.'

Cochodd Glyn wrth deimlo'r embaras bod pawb yn edrych arno. Pam ei fod *e* wastad yn cael ei ddal yn gwneud rhywbeth o'i le? Dim ond sibrwd yng

14

nghlust Jac a wnaeth e, ac eto roedd y Mr Antur 'na wedi'i ddal! Doedd bywyd ddim yn deg!

Aeth y Pennaeth yn ei flaen am ychydig eto. 'AC YN OLAF, bydd yna ymarfer larwm tân cyn i chi gael eich cinio, felly ewch yn ôl i'ch stafelloedd yn dawel am ychydig, a chyn pen dim fe glywch y larwm. Dim rhedeg na rhuthro, cofiwch – cerddwch yn dawel i'r man ymgasglu yn y maes parcio. Mae 'na gae yn llawn defaid y drws nesaf i'r maes parcio – cofiwch, does neb i fynd i'r cae hwnnw ar unrhyw amod.' Edrychodd Mr Llwyd a Glyn i fyw llygaid ei gilydd, a nodiodd Glyn y mymryn lleia i gydnabod ei fod yn deall arwyddocâd edrychiad rhybuddiol ei athro.

'Dim ond un peth sydd ar ôl i'w ddweud, felly,' gorffennodd Huw Antur. 'Mwynhewch eich amser yma yng Nglan-llyn!'

Pan gasglodd y criw ynghyd i gael cinio, roedd Glyn wrth gwrs ar flaen y ciw. Nid oherwydd mai ef oedd yno gyntaf, ond oherwydd iddo wthio'i ffordd i'r blaen pan gyrhaeddodd. Dilynodd Deian, Rhodri a Jac ef, wrth reswm, a phan agorwyd y drws fe ruthrodd y pedwar i mewn a dewis sglodion, pysgod a ffa pob fel eu pryd cynta'n y gwersyll. Yna aethant i eistedd ar y fainc bellaf oddi wrth fwrdd y staff er mwyn trafod tactegau ar gyfer drygioni'r tridiau nesaf.

'Reit 'te bois,' dechreuodd Jac, 'beth yw'r cynllun? Ydyn ni'n mynd i wasgaru pupur ar obennydd Mr Llwyd, neu be?'

'Www ie! Gyda 'bach o lwc, bydd e'n tishan gymaint wneith e gredu fod annwyd arno fe, ac aros yn ei wely drw'r dydd gan roi cyfle i ni wneud mwy o ddrygioni!' ychwanegodd Deian cyn stwffio llond ei geg o sglodion wedi'u socian mewn saws ffa pob.

'Dwi wedi bod yn meddwl am y busnes pupur 'ma, Glyn,' sibrydodd Rhodri gan daflu cip draw i gyfeiriad yr athrawon. 'Dwyt ti ddim yn meddwl bod 'na ormod o risg i ni gael ein dal? Ti'n cofio beth dd'wedodd Mr Ifan, y Prifathro? Os cawn ni'n dal yn gwneud rhywbeth twp, bydd e'n dod i'n nôl ni adre.'

Rhodri oedd y bachgen callaf o'r pedwar a'r un a fyddai, fel arfer, yn cael y gweddill allan o dwll pan fydden nhw mewn trwbwl.

'Ie, falle dy fod di'n iawn fan'na Rhods! Petai e'n ein dal ni yn ei stafell, bydde fe'n saff o ffonio Mr Ifan i ddod i'n nôl ni. Beth arall allen ni wneud 'te?' gofynnodd Glyn gan edrych yn eiddgar ar wynebau'r grŵp o'i amgylch. Ddywedodd neb air am ychydig eiliadau.

Jac oedd y cyntaf i dorri ar y tawelwch. 'Wel, dwi ddim ishe swnio fel babi, bois . . . ond . . .' Edrychodd y gweddill arno'n amheus. 'Ond, wel, oes pwynt i ni risgo cael ein dal a'n hanfon adre?

Pam na wnewn ni jyst, ym, beth yw'r gair, ym, *bihafio*?'

Chwarddodd y lleill yn uchel, ac yn anffodus i Deian – a oedd newydd lenwi'i geg gyda'r fforcaid ola o sglodion a ffa pob – bu bron iddo dagu!

'Ti wedi newid dy diwn, Jac,' chwarddodd Glyn. 'Eiliad yn ôl roeddet ti am wasgaru pupur ar obennydd Mr Llwyd, nawr ti'n siarad fel 'se ti ishe rhoi paned o de a bisged iddo fe cyn iddo fynd i'w wely.'

Ymunodd y lleill yn y chwerthin, a'r dagrau'n powlio i lawr eu bochau. Bu sŵn y chwerthin yn ddigon i dynnu sylw Mr Llwyd oddi wrth ei daten bob am eiliad. Wrth i'w aeliau godi i weld pwy oedd yn gyfrifol am greu'r cynnwrf, rhoddodd ei gyllell a'i fforc i lawr yn bwyllog cyn codi a cherdded yn hamddenol draw at fwrdd y bechgyn. Cerddai'n hamddenol am nad oedd am roi'r pleser iddyn nhw gredu eu bod wedi ei wylltio. Ef oedd y bòs ar y daith hon. Roedd ganddo reolaeth lwyr ar ei ddisgyblion, a doedd neb na dim yn mynd i newid hynny, meddyliodd.

'Be sy mor ddoniol 'te, fechgyn?' holodd, a thôn ei lais yn adlewyrchu'i gerddediad hamddenol. 'Oes 'na ryw jôc fach hoffech chi ei rhannu gyda fi?'

'Hy! Na . . . dim jôc, Syr. Jyst rhywbeth wedodd Jac,' atebodd Deian gan fwrw golwg slei ar Jac a'r gweddill yn eu tro.

'O, be wedest ti oedd mor ddoniol 'te, Jac? Rhywbeth am y bwyd, falle?'

'Ym . . . ie, Syr! Rhywbeth am y bwyd . . . chi'n iawn! Dweud o'n i y bydde ychydig o *bupur* yn neis gyda'r sglodion 'ma,' meddai Jac, gan edrych i lawr ar ei blât i geisio rhwystro'i hun rhag chwerthin.

'Ie Syr,' ychwanegodd Glyn, wrth ymuno yn yr hwyl, 'dweud oedd e y bydde hi'n neis ca'l *paned fach o de* a *bisged* yn nes mlaen y prynhawn 'ma hefyd ar ôl y daith gerdded.'

Gyda hyn, chwarddodd Deian a Rhodri dros y lle i gyd gan boeri dros eu bwyd. Roedden nhw wedi brwydro cymaint yn erbyn chwerthin nes i'r cyfan fynd yn ormod iddyn nhw. Ymunodd y ddau arall yn y chwerthin nes gwneud i Mr Llwyd deimlo'n anesmwyth iawn. Pam fod pawb yn chwerthin gymaint? Ta waeth, doedd e ddim yn mynd i wastraffu'i amser yn gwrando ar jôcs dwl y bechgyn. Wedi'u weindio yr oedden nhw, siŵr . . . wedi'u hecseitio o fod oddi cartre. Dychwelodd at ei daten bob, gan edrych drwy'r ffenest i gyfeiriad y maes parcio. Ble'r oedd Miss Hwyl, tybed? Roedd hi wedi dweud y byddai'n dilyn y bws i fyny, ond doedd dim sôn amdani. A dweud y gwir, doedd e heb weld ei char hi wrth gwt y bws ers iddyn fynd trwy Fachynlleth. Tybed ble'r oedd hi?

* * *

Tua'r un amser ag yr oedd Mr Llwyd yn edrych trwy ffenest y ffreutur tuag at y maes parcio, roedd Miss Hwyl yn edrych trwy ffenest flaen ei char ar y dyn AA yn trwsio'r olwyn flaen. Wrth adael tref Machynlleth roedd hi wedi gyrru dros garreg go fawr ger y bont nes bod twll yn y teiar. Bu'n aros am dros awr tan i ddyn yr AA gyrraedd, ond o leiaf byddai ar ei thaith unwaith eto ymhen dim. Dechreuodd feddwl am y tridiau oedd o'i blaen hi. Doedd hi heb fwriadu mynd i Lan-llyn o gwbl. Erbyn meddwl, nid hi oedd i fod i fynd ond Mrs Jones, athrawes Blwyddyn 5 a 6. Doedd Miss Hwyl ddim yn siŵr iawn o'r ffeithiau, ond tybiai mai'r rheswm pam y tynnodd Mrs Jones yn ôl o'r daith oedd bechgyn blwyddyn 6. Yn aml, pan fyddai'n cerdded heibio i ddosbarth Mrs Jones ar ddiwedd y dydd, byddai'n ei chlywed hi'n snwffian neu'n crio i'w hances boced.

Roedd plant ei dosbarth yn gwthio'r ffiniau'n aml, a gallai'r cyfan fynd yn ormod i Mrs Jones druan. Ac felly dyma hi, Miss Hwyl, yn achub y dydd ar y funud ola. Yr unig gais a wnaeth hi oedd ei bod yn cael teithio yn ei char ei hun. Byddai wastad yn mynd yn sâl wrth deithio ar fws! A'r peth diwethaf oedd hi am i fechgyn blwyddyn 6 ei wneud oedd ei gweld hi'n chwydu i mewn i fag plastig!

Ymhen tipyn, fe orffennodd dyn yr AA ei waith a chychwynnodd Miss Hwyl ar ei thaith unwaith yn rhagor. Erbyn iddi gyrraedd y gwersyll, roedd y plant eisoes wedi cychwyn ar weithgareddau'r prynhawn. Gwenodd wrth yrru i mewn i'r gwersyll a chlywed criw blwyddyn 5 yn sgrechian ar ben y twr rhaffau.

'Haia Miss!' gwaeddodd Bethan arni, gan chwifio'i breichiau'n wyllt wrth geisio codi llaw ar Miss Hwyl a chadw'i chydbwysedd ar yr un pryd. Yna collodd ei thraed eu gafael ar y rhaffau'n gyfan gwbl ac i lawr â hi'n sydyn am rhyw fetr neu ddwy cyn i'r rhaff ddiogelwch ei dal yn dynn. 'Aaaaaaaaaaaa!' sgrechiodd. 'HELP! HELP! HELP!'

Cyrhaeddodd Miss Hwyl y maes parcio a thynnu anadl hir.

Oedd, roedd yna dridiau anodd iawn o'i blaen hi!

3

Y daith gerdded

Wrth i flwyddyn 6 deimlo'r gwynt yn chwythu'n gryf i'w hwynebau ar fwrdd y cwch bach oedd yn rasio ar draws llyn Tegid, eistedd yn y cefn yr oedd Mr Llwyd, druan – bag plastig yn ei gôl a'i wyneb cyn wynned â'r lleuad. Doedd yr athro erioed wedi bod yn un oedd yn hoffi teithio ar y dŵr, a phan glywodd fod y daith gerdded yn cynnwys gwibio ar draws y llyn am ugain munud i gyrraedd yr ochr draw, suddodd ei galon yn gynt na charreg. 'Pam na allwn ni gerdded *o gwmpas* y llyn, ac yna i fyny'r mynyddoedd?' protestiodd wrth yr hyfforddwr.

'Mae'r cwch yn gynt,' atebodd hwnnw'n swta, a chyn pen dim roedd yn gwisgo siaced achub amdano ac yn cerdded yn sigledig tua'r cwch gyda'i goesau hir, tenau yn igam-ogamu'n bryderus.

'Dewch mlaen nawr, Syr!' gwaeddodd Glyn. '*Fel pren mesur* cofiwch!'

'Cau hi, Glyn Davies! Nid nawr yw'r amser i 'ngwthio i,' atebodd Mr Llwyd yn fygythiol.

''Sdim angen i neb eich gwthio chi, Syr – ry'ch chi'n cael gwaith aros ar eich traed fel mae hi!'

Roedd Glyn mor gyflym â'i sylwadau weithiau fel na fedrai'r lleill wneud dim ond edrych arno mewn edmygedd. A nawr, wrth wibio'n gynt nag arfer ar draws wyneb y dŵr (roedd y gyrrwr wedi sylwi ar wendid Mr Llwyd ac felly'n gwneud y daith mor anghyffyrddus ag y medrai iddo), roedd Glyn, Deian, Jac a Rhodri'n edrych ymlaen at y daith gerdded am y rheswm syml y byddai Mr Llwyd yn casáu pob cam ohoni!

'Diolch am y reid, Siôn,' gwaeddodd Jac dros sŵn yr injan. 'Ti sy'n dod i'n casglu ni'n nes mlaen 'fyd?'

'Na, dwi'm yn meddwl,' atebodd Siôn yr hyfforddwr ifanc. 'Colin sy'n g'neud y shifft nesa, 'sti.'

'Ydi e'n debygol o roi reid gwerth chweil i Mr Llwyd 'fyd?' gofynnodd Deian gan wincio'n slei i gyfeiriad ei athro.

'Ha! Na, dwi'm yn meddwl 'ny, hogia! Un go sych 'di Col. Dio'm yn siarad fawr ddim hefo neb, a rhyngoch chi a fi, 'de, dwi'm yn siŵr sut gafodd o swydd yma yn y lle cynta. Does fawr o siâp arno fo'n g'neud dim! Petai busnas i'w gael am sbio'n gas mi fasa fo'n siŵr o fod yn fòs ar y cwmni!' ychwanegodd Siôn. Chwarddodd gyda'r bois wrth iddyn nhw neidio oddi ar y cwch a chychwyn cerdded tu ôl i Gari, eu harweinydd ar y daith, tua'r llwybr cul a arweiniai i fyny'r bryn.

'Arhoswch funud, blant!' ceisiodd Mr Llwyd weiddi, ond doedd ei eiriau'n fawr mwy na sibrwd. Roedd yn dal ei fol ag un llaw, ac yn pwyso yn erbyn postyn gyda'r llall. Heb os, roedd y daith wedi effeithio'n arw arno, a bu'n plygu dros y ffens am sbel cyn medru ymuno â'r hyfforddwr a'r plant er mwyn cychwyn ar y daith gerdded.

'Pam na wnewch chi droi 'nôl, Syr? Fe gwrddwn ni â chi 'nôl wrth y cwch,' awgrymodd Rhodri pan oedden nhw wedi cyrraedd tua hanner ffordd i fyny. Roedd yn teimlo trueni dros ei athro, bron.

'Na, na! Fydda i'n iawn. Os all bechgyn fel chi ddringo heb drafferth, fe alla inne hefyd!' atebodd Mr Llwyd.

Ond er bod Mr Llwyd yn athletwr da yn ei ddyddiau ysgol, ac yn chwaraewr pêl-droed talentog yn ei arddegau a'i ugeiniau cynnar, doedd e heb gadw mor heini ag y dylai dros y blynyddoedd diwethaf. Oherwydd hynny, roedd yn benderfynol o roi cymaint o ymdrech â phosib i weithgareddau awyr-agored y tridiau ar lan llyn Tegid. Roedd e wedi addo iddo'i hun na fyddai'n un o'r athrawon hynny fyddai'n gorfodi'r plant i wneud popeth, gan sefyll i wylio heb gymryd rhan yn y gweithgareddau ei hun. '*Rhaid dangos esiampl i'r plant 'ma fy mod i lawn mor hyderus â nhw,*' oedd y gytgan y bu'n ei hadrodd wrtho'i hun droeon cyn dod. Ond nawr, ac yntau'n straffaglu i ddal ati, roedd yn amau ei fwriadau ei hun.

Erbyn i bawb gyrraedd copa'r mynydd, roedden nhw bron â llewygu ac yn awchus i fwyta cynnwys y pecynnau bwyd a baratowyd gan staff y gegin. Roedd Jac wedi sylwi ar un ohonyn nhw'n pacio llond bag o fisgedi, a'r rheiny'n becynnau bach o dair bisged o wahanol flasau. Llygadai'r pecynnau *custard creams* a gâi eu pentyrru allan o'r bag ar wely o borfa drwchus. Roedd yna frechdanau wedi'u paratoi hefyd, ond roedd y bisgedi a'r sudd oren yn apelio llawer mwy at y bechgyn a hithau'n dywydd mor braf.

Roedden nhw wedi cymryd ychydig dros awr i gyrraedd y copa, ac er nad hwn oedd y mynydd uchaf i'r bechgyn ei ddringo, eto i gyd roedd llusgo Mr Llwyd y tu ôl iddyn nhw wedi gwneud iddyn nhw deimlo fel petaen nhw'n dringo'r Wyddfa ei hun!

Roedd cyrraedd y copa'n deimlad arbennig o dda i Mr Llwyd hefyd, yn enwedig o wybod nad oedd angen dringo mwy, dim ond cerdded i lawr y llwybr ar yr ochr draw a 'nôl i gyfeiriad y gwersyll. Wrth weld yr athro'n lledorwedd ar y borfa drwchus, a'r chwys yn diferu i lawr ei fochau, dyma Glyn yn rhoi pwt i fraich Deian wrth ei ymyl. Trodd hwnnw'i ben i edrych i'r un cyfeiriad ag yr awgrymai llygaid disglair Glyn.

'Fe gysgith hwnna heno!' meddai Glyn yn chwareus. Roedd hi'n amlwg fod syniadau drygionus yn cronni yn ei feddwl.

'Gwneith, g'lei!' cytunodd Deian. 'Sai'n credu y

bydd angen i ni boeni y bydd *e'n* crwydro'r coridorau ganol nos i'n siarsio ni 'nôl i'n gwelye heno!'

'Pwy? Mistyr Llipryn Llwyd draw fan'na?!' gofynnodd Jac, a oedd bellach wedi cael gafael ar bentwr go lew o fisgedi ac wrthi'n agor y pecyn cyntaf yn frysiog.

'*Llipryn Llwyd!* Ha! Ti'n llygad dy le, Jac! Mor belled ma' fe 'di bod fel llipryn go iawn. Gobeithio y bydd gwell siâp arno fe'n bowlio deg heno! *Fe* fydd capten tîm y bechgyn, siŵr o fod!' meddai Glyn, gan geisio'n aflwyddiannus i gipio un o becynnau bisgedi Jac o dan ei drwyn.

'Ie. Dyna ddwedodd e ar y bws ar y ffor' lan, a Miss Hwyl fydd capten tîm y merched, sbo. Rhaid i ni ennill y gystadleuaeth 'na, bois, neu fydd ein bywyde ni ddim gwerth eu byw fory.'

Deian oedd y mwyaf cystadleuol o'r pedwar, a doedd dim yn rhoi mwy o bleser iddo nag ennill gêmau yn erbyn y merched. Roedd hyn yn bennaf am fod y criw merched yn eu blwyddyn nhw yn arbennig o dda mewn chwaraeon. Roedden nhw wedi ennill cystadleuaeth pêl-droed yr Urdd yn genedlaethol, a'r traws-gwlad, ac wedi dod yn ail yn y gystadleuaeth hoci. Doedd y bechgyn, ar y llaw arall, heb hyd yn oed ennill cystadleuaeth pêl-droed y cylch, er mawr bleser i'r merched! Cofiodd Deian y prifathro'n canmol y merched yn ystod gwasanaeth cyntaf yr ysgol ar ôl y gystadleuaeth, a chynyddodd ei benderfyniad oherwydd hynny. Daeth yr olygfa 'nôl yn glir iddo: y merched yn sefyll ym mlaen y neuadd, eu medalau am eu gyddfau a thystysgrif yr un yn eu dwylo, Mr Ifan yn eu canmol i'r cymylau am ddod â chlod i'r ysgol yn genedlaethol, a phob un o'r merched yn edrych i gyfeiriad y bechgyn yn y rhes gefn gan wenu'n bryfoclyd, gwên a olygai: 'Ble ma'ch medale *chi* 'te, fechgyn?'

'Clywch, bois, mae'n rhaid i ni ennill y gystadleuaeth bowlio deg 'ma. Os gollwn ni, fydd Megan a'r merched byth yn gadael i ni anghofio.'

'Ie. Ond ma'r merched wastad *mor* lwcus,' cwynodd Glyn gyda llond ei geg o fisgedi siocled. 'Maen nhw'n ennill popeth!'

'Wel ddim heno,' meddai Jac yn gadarn. '*Ni* sy'n mynd i ennill heno!'

'Shwt alli di fod mor siŵr?' gofynnodd Rhodri. Doedd e ddim yn hoff iawn o'r dôn heriol yn llais Jac.

'Paid ti â becso, Rhodri bach, paid ti â becso! Gad y cwbwl i fi!'

Llwyddodd Jac i osgoi mwy o gwestiynau wrth i arweinydd y daith alw ar bawb a hoffai fwy o ddiod i fynd i helpu'u hunain. Er bod ei gwpan bron yn llawn, aeth Jac ato'n syth. Crwydrodd llygaid Glyn draw dros y llyn a synnai mor glir y gallai weld y cychod yn hwylio arni. Roedd yna griw yn canŵio

ger y lan yn y ganolfan drws nesa i Wersyll Glan-
llyn, ac ambell gwch modur yn creu hafoc wrth
wibio'n ôl a blaen heibio iddyn nhw! 'Cŵl!'
meddyliodd Glyn. 'Fydde ddim ots 'da fi ga'l sbin yn
un o'r rheina . . .'

4

Colin

Wrth iddyn nhw gerdded yn ôl tua'r llyn, bu'n rhaid i'r bechgyn lusgo Mr Llwyd druan tuag at y cwch er mwyn dychwelyd i'r gwersyll.

'Na! Na!' protestiodd eu hathro. 'Ewch chi ar y cwch ac mi gerdda i o gwmpas y llyn. Fydda i ddim yn hir, dwi'n addo!'

'O, stopiwch ymddwyn fel babi, Syr, ac ewch ar y cwch 'na wir!' arthiodd Glyn gan ddechrau teimlo braidd yn ddiamynedd.

Ar hynny disgynnodd ysgwyddau Mr Llwyd, ac edrychai fel petai bron â chrio. Roedd clywed un o'i ddisgyblion yn ei alw'n 'fabi' yn brifo. Ond wedyn, onid dyna oedd e mewn gwirionedd – babi? Dyma lle'r oedd e'n gwrthod mynd i mewn i dipyn o gwch am daith chwarter awr, ac yn gwneud ffŵl ohono'i hun o flaen ei ddisgyblion, yn lle ymuno'n yr hwyl a gwneud y gorau o bopeth fel roedd wedi addo iddo'i hun cyn dod.

'Ocê, ocê! Chi sy'n ennill, fechgyn. Mi ddo i ar y cwch. Ond ar un amod – 'mod i'n eistedd yn y blaen y tro hwn. Dwi'n siŵr mai achos 'mod i'n eistedd yn y cefn oedd y rheswm i fi fynd yn sâl ar y ffordd draw. Hynny a'r ffordd roedd yr hŵligan Siôn 'na'n gyrru!'

'Os ych chi'n gweud, Syr!' atebodd Jac gan rowlio'i lygaid, a thaflu winc sydyn at Glyn.

'Hei, Carwyn! Llion! Symudwch draw, bois! Ma' Mr Llwyd ishe eistedd yn y ffrynt ar y ffor' 'nôl. Gwnewch le iddo fe!' gwaeddodd Jac wrth gerdded drwy'r dŵr tua'r cwch.

Roedd y bechgyn eraill wedi hen gyrraedd y cwch. Dim ond Glyn, Jac, Deian a Rhodri fu'n ddigon parod i helpu eu hathro. Mae'n siŵr mai oherwydd eu bod nhw am weld Mr Llwyd yn dioddef llawn gymaint ar y ffordd 'nôl ag y gwnaeth ar y ffordd draw a'u denodd nhw i'w berswadio i beidio â cherdded o gwmpas y llyn yn y lle cyntaf!

Wedi iddo ei wasgu ei hun rhwng Andrew a Carwyn, ceisiodd Mr Llwyd ymlacio a chanolbwyntio ar rywbeth i dynnu'i feddwl oddi ar y daith. Yn un peth, roedd e'n hapus iawn nad Siôn oedd yn llywio'r cwch 'nôl tua Glan-llyn, y ffŵl gwirion ag e! Na, roedd rhywun llawer callach yr olwg wrth y llyw y tro hwn, ac wrth glywed ei ymateb i rai o gwestiynau di-stop y bechgyn, roedd hi'n amlwg nad oedd y gyrrwr newydd mor anaeddfed â'r Siôn hanner-call-a-dwl yna.

'Felly, beth yw dy enw di 'te?' gofynnodd Glyn i'r gyrrwr newydd.

'Meindia dy fusnes!' atebodd hwnnw'n swta, heb godi'i olygon oddi ar y dŵr disglair o'i flaen.

'Wwww! Pwy gododd mas yr ochr rong i'r gwely y bore 'ma 'te?' holodd Glyn gan hanner chwerthin ac edrych o'i gwmpas ar weddill y bechgyn.

'Cau hi, was, neu mi fyddi di dros yr ochor ac i mewn yn y llyn 'na'n go handi!' poerodd y gyrrwr gan droi'n wyllt i wynebu'r bechgyn y tu ôl iddo a'i lygaid tywyll yn fflachio i gyfeiriad Glyn. Llyncodd hwnnw'r poer a oedd wedi casglu'n sydyn yn ei wddf, a theimlodd lygaid y lleill yn ei wylio – yn chwilio am arwydd o ofn ynddo. Daliodd y gyrrwr i rythu arno gan ddisgwyl i Glyn ymateb. Ceisiodd Rhodri dawelu'r sefyllfa.

'Jiw jiw! Sdim ots beth yw'ch enw chi, chi'n well gyrrwr na beth gawson ni ar y ffordd draw ta beth,' meddai gan chwerthin yn nerfus.

'Colin yw ei enw e,' meddai Jac yn dawel, cyn codi'i lygaid i gyfeiriad y gyrrwr.

Edrychodd Colin yn agosach ar Jac yna, fel petai'n fodlon ag ef ei hun, trodd ei olygon unwaith yn rhagor at y llwybr anweledig o'i flaen. Nodiodd Glyn ei ben yn araf. Roedd e wedi hanner meddwl mai hwn fyddai Colin. Y Colin-sbio'n-gas y cyfeiriodd Siôn ato. Yr un Colin a'r un pâr o lygaid tywyll a safai yn nrws Bloc y Berwyn y bore hwnnw. Beth oedd ei broblem e, tybed?

Ni ddywedodd neb yr un gair yr holl ffordd 'nôl

i'r lan wedi hynny. Roedd Mr Llwyd yn hapusach o lawer gyda'r gyrrwr newydd. Doedd hwn ddim mor ifanc â'r llall, ac felly ddim mor awyddus i rasio i bob man fel petai'i fywyd yn dibynnu arno! Fodd bynnag, ohcrwydd y tawelwch wrth ddychwelyd, fe roddodd hyn fwy o gyfle i Glyn gymryd sylw o'r olygfa o'i gwmpas – adeilad crand y gwersyll yn sefyll fel castell o'i flaen a'i lawnt yn ymestyn i lawr i'r dŵr, yr haul drwy'r awyr las, ddi-gwmwl uwchben yn taflu'i sglein ar draws wyneb y llyn ac yn dallu defnyddwyr y dŵr o bryd i'w gilydd. I'r ochr chwith iddo, gallai weld tir yn ymestyn draw yn gymharol agos atyn nhw, a meddyliodd tybed ai ynys fach oedd hi. Ar yr ochr dde, gallai weld y criw a welsai ynghynt o gopa'r mynydd yn canŵio tua'r lan, a theimlai rywfaint yn hapusach wrth i'r gwynt chwythu'n gynnes ar ei wyneb a thrwy'i wallt. Erbyn cyrraedd y lan, roedd bron wedi anghofio'i ofn cynharach, a gadawodd y cwch heb hyd yn oed daflu un cip ar Colin gan ddilyn Gari a'r gweddill i gyfeiriad y cwt hwylio i ddychwelyd ei siaced achub.

'Wel y wel, wel! Beth o'dd problem *hwnna* 'te?' gofynnodd Jac cyn gynted ag yr oedden nhw'n ôl yn eu hystafell wely ac allan o glyw unrhyw oedolyn. 'Ti'n lwcus iawn na wn'ath e dy dowlu di bant o'r cwch 'na, 'na i gyd weda i!'

'Fydde fe heb! Dim ond sŵn o'dd e!' atebodd

Glyn gan geisio gwneud yn fach o'r sefyllfa, er ei fod e'n berwi ar y tu mewn.

'Welest ti'r ffordd 'nath e dy fygwth di? Dyw'r boi ddim chwarter call 'achan!' ychwanegodd Jac, gan fynd dros ben llestri fel arfer.

Rhodri oedd yr un cyntaf i wneud sylw call. 'Dwi ddim yn credu y dyle fe fod wedi siarad fel'na gyda neb, a dweud y gwir. Falle dylen i ddweud wrth Mr Antur. Dwi ddim yn credu y bydde fe'n blês iawn o glywed fod un o'i staff e'n ein trin ni fel'na.'

'Cytuno,' ychwanegodd Deian, 'ond ddylen ni ddim fod yn gorfod gneud y fath beth. Roedd Mr Llwyd ar y cwch. Fe glywodd *e*'r cwbl. Fe ddylse fe fod wedi cael gair gyda Colin yn syth!'

'Dwi'n cytuno gyda'r ddou ohonoch chi, bois, ond dewch mla'n . . . yn un peth, dwi ddim yn mynd i fynd at bennaeth y gwersyll fel clapgi i gwyno am un o'i staff, ac yn ail – Mr Llwyd fydde'r athro d'wetha i gwympo mas gydag unrhyw un! Felly, 'sdim byd allwn ni neud. Fydd jyst rhaid i ni ei osgoi e am weddill ein hamser ni 'ma.'

'Reit! Beth am bennu dadbacio? Ma' llond bag o losin 'da fi i'w wagio i mewn i ddrôr y cwpwrdd 'na!' meddai Jac, a oedd yn meddwl am ei fola byth a beunydd.

'Ti'n mynd i fod mor dost heno, Jac,' chwarddodd Glyn, 'fel roeddet ti pan ddest ti draw i aros 'da fi dros y Pasg.'

'O! paid â'm atgoffa i!' atebodd Jac gyda'i wyneb yn gam.

'Beth ddigwyddodd, Glyn?' gofynnodd Deian yn eiddgar.

'Wel,' dechreuodd Glyn, 'wnes i fetio Jac na alle fe roi wy Pasg cyffredin – chi'n gw'bod, y *Cadbury's Creme Eggs* 'na – i gyd i mewn i'w geg a'i fwyta o fewn pymtheg eiliad.'

'Pymtheg eiliad? Rhwydd!' ebychodd Rhodri.

'Dyna beth o'n i'n ei feddwl!' atebodd Jac dan wenu. 'Ond synnet ti pa mor anodd yw e!'

'Shwt fuest ti mor sâl 'de?' gofynnodd Rhodri yn feddylgar. 'Wnest ti dagu ar yr wy neu rywbeth?'

'Ha! Na, na! Dyna lle ddechreuodd yr hwyl, chi'n gweld!' aeth Glyn yn ei flaen, gyda'r wên ar ei wyneb yn lledu wrth yr eiliad. 'Ar ôl methu'r tro cynta, ro'dd yn rhaid i Jac fan hyn drio eto, ac eto, ac eto! Erbyn y diwedd, wel, erbyn yr amser o'dd e a'i ben i lawr y tŷ bach, ro'dd e wedi trio – a methu – bwyta deunaw wy Pasg!'

'DEUNAW *CREME EGG*!' gwaeddodd Deian a Rhodri gyda'i gilydd.

'Haws dweud na gwneud, bois bach!' ychwanegodd Jac.

'Ry'n ni mewn am *treat* bach heno, bois, dwi'n dweud wrthoch chi!' meddai Glyn, gyda'i wên erbyn hyn yn fwy drygionus nag arfer.

'Pam? Beth sy'n digwydd heno?' gofynnodd Jac, yn hollol ddiniwed.

'Wel,' dechreuodd Glyn, 'heno, rwyt ti'n mynd i gael cyfle i dorri dy record!' Gwthiodd Glyn ei law i mewn i boced ochr ei fag, a bob yn un ac un tynnodd wyau bach allan – ugain ohonyn nhw – a'u gosod yn dwt ar y gwely yn ei ymyl.

'Ti'n jôcan!' protestiodd Jac yn gyflym. 'Dwi ddim yn mynd i wrando arnat ti byth eto! Ma'r gêm yna'n amhosib! 'Sdim gobaith gan neb i orffen un o'r rheina mewn pymtheg eiliad, cred ti fi! Ddylwn i w'bod! Wnes i drio'n ddigon caled!'

'Clyw Glyn,' torrodd Rhodri ar ei draws, 'dwi ddim am aros yn effro drw'r nos yn gwrando ar Jac yn chwydu!'

'Oes mwy o wyau 'da ti?' holodd Deian.

'Oes, pam?' atebodd Glyn yn bwyllog.

'Meddwl o'n i, un wy . . . pymtheg eiliad . . . ro i gynnig ar hwnna.'

'BETH?' torrodd Rhodri ar ei draws. 'Wyt ti'n gall, d'wed?'

''Sdim byd yn bod â chystadleuaeth fach nawr ac yn y man,' atebodd Deian gan rwbio'i ddwylo yn ei gilydd. 'Beth yw'r wobr ta beth?'

'Gwobr?' Edrychodd Glyn yn gam ar ei ffrind.

'Ie, mae'n rhaid ca'l gwobr os mai bet yw e. Dim arian, wrth gwrs. Rhaid iddo fod yn her. Os dwi'n llwyddo, dwi'n gosod her i ti. Os dwi'n methu, fe gei di osod her i fi! Syml!'

Meddyliodd Glyn am eiliad. Hmm, roedd yn syniad da. Ac roedd hi'n debygol iawn y byddai Deian yn methu; wedi'r cyfan, docdd Jac ddim wedi llwyddo, a Jac oedd y bolgi mwya oedd e'n ei 'nabod! Eto i gyd, beth petai e'n colli? Byddai Deian yn saff o osod her anodd iawn ar ei gyfer, ac ers y digwyddiad cynharach gyda Colin roedd e wedi gobeithio cadw'i drwyn yn lân am weddill yr amser yn y gwersyll. 'Iawn!' cytunodd o'r diwedd. 'Caiff yr un sy'n ennill osod her i'r llall. Ond dim mynd dros ben llestri!' ychwanegodd yn frysiog.

'Gewn ni weld am hynny!' atebodd Deian.

Heb yngan yr un gair arall, trodd i osod ei orchudd gobennydd ei hun ar hen obennydd y gwersyll, a dadrowlio'i sach gysgu newydd ar hyd y fatras, gan wenu gwên lydan.

5

Sŵp i swper

Cerddodd Jac yn araf iawn i gyfeiriad bwrdd y bechgyn yn cario'i hambwrdd swper. Cerddai a'i ben yn plygu i lawr dros ei fwyd wrth iddo edrych o un eitem i'r llall mewn anghrediniaeth.

'Be sy'n bod, Jac? Y bwyd ddim yn plesio?' gofynnodd Glyn, gan wybod yn iawn beth oedd yr ateb i'w gwestiwn.

'Beth sy'n bod, wedest ti? Mi ddweda i wrthot ti beth sy'n bod – sŵp! Shwt ma nhw'n disgwyl i ni fyw ar sŵp i swper, yn enwedig ar ôl y daith gerdded hir 'na?' protestiodd Jac, a oedd wedi'i fagu ar giniawau rhost a phwdinau reis ei fam.

'Edrych arni fel hyn, Jac bach,' meddai Deian, 'fydd 'na fwy o obaith i ni lwyddo gyda'r wy Pasg 'na heno os bydd ein bolie ni'n gwegian eisie bwyd!'

Doedd Deian heb gyffwrdd â'i swper hyd yn hyn, a daliai i chwarae â'i sŵp gyda'i lwy wrth droi a chodi diferion ohono nawr ac yn y man nes i'r cyfan greu rhaeadr fach droellog o'r llwy 'nôl i'r bowlen.

'O'n i'n methu deall pam nad oeddet ti'n bwyta, Deian!' rhuodd Glyn, gan godi ar ei draed mewn tymer. 'Twyllwr wyt ti! Ti'n trio ennill ein bet ni drwy starfo dy hunan! Wedyn tyddi di'n gallu bwyta'r wyau Pasg 'na heb drafferth heno!'

Gwenodd Rhodri ar ei ffrind. 'Clyfar iawn, Deian,' meddai, gan roi clap ysgafn ar ei gefn.

'Diolch!' atebodd hwnnw. 'Dwi ddim yn cofio gweld dim yn y rheolau'n dweud nad oes hawl 'da fi i *beidio* bwyta swper heno i wneud ychydig o le i rywbeth bach fydda i *falle* eisie'i fwyta'n nes mlaen!'

'Twyllwr wyt ti, Deian! Wastad wedi bod! Wnest ti dwyllo o'r blaen pan wedest ti y gallet ti gyrraedd copa'r mynydd 'na ar fferm dy dad-cu o mlaen i.'

'Shwt na'th e dy dwyllo di bryd hynny?' gofynnodd Rhodri'n ddiniwed.

'Ar gefn y moto-beic!' atebodd Glyn yn swta. 'Dyna beth wna'th e! Ddechreues i redeg nerth 'y nhra'd gan w'bod mod i'n gyflymach na Deian mewn ras traws gwlad, a'r eiliad nesa, brrrrymmm! Dyma fe'n hedfan heibio'n wên o glust i glust!'

'Ond wnes i erioed ddweud bod yn rhaid *rhedeg* i ben y mynydd, naddo?! Y cyfan ddwedes i oedd mai'r *cyntaf i gyrraedd* fydde'n ennill. A fi, yn wir, oedd y cynta i gyrraedd!' meddai Deian yn hunanfodlon.

'Ie, ond . . .' dechreuodd Glyn

'Does dim *ond* amdani, Glyn!' torrodd Deian ar ei draws. 'Fi na'th ennill, a dyna ddiwedd y stori. Fel dwi'n mynd i ennill heno!'

'Hei bois, dwi'n dechre ca'l llond bol o'r holl siarad 'ma am yr wyau Pasg erbyn hyn. Chi'n neud i fi deimlo'n dost dim ond wrth feddwl am y peth! A dyw'r swp 'ma'n helpu dim!' ychwanegodd Jac, a oedd erbyn hyn wedi rhoi'r gorau i'r cwrs cyntaf a bellach yn rhofio hufen iâ i mewn i'w geg mor gyflym ag y medrai.

'Dwi'n cytuno'n llwyr gyda Jac,' meddai Rhodri, ac yna wrth ostwng ei lais ychwanegodd, 'mae'n bwysicach i ni drafod y gystadleuaeth bowlio deg 'ma heno. Cyn dod i mewn i'r ffreutur yn gynharach fe sylwes i ar Megan a'r lleill yn sgwrsio'n breifat ar y meinciau tu fas. Dwi'n siŵr iddyn nhw dawelu unwaith y gwelson nhw ni'n dod rownd y gornel.'

'Beth allen nhw fod yn ei gynllwynio 'te?' gofynnodd Deian gan daflu cip i gyfeiriad bwrdd y merched a symud yn agosach at Rhodri.

'Sai'n siŵr iawn. Falle mai rhywbeth digon diniwed fel trafod tactegau oedden nhw, ond ges i ryw deimlad fod 'na rywbeth mwy ar droed. Rhywbeth dan din, twyllodrus!'

Gorffennodd Rhodri leisio'i amheuon ac edrychodd o'i gwmpas ar wynebau'r lleill. Roedden nhw'n syllu arno bob un. Roedden nhw i gyd yn gwybod mor gyfrwys y gallai'r merched fod!

'Dere mla'n, Deian,' dechreuodd Glyn, '*ti* yw'r un ddyle w'bod. Wedi'r cyfan *ti* yw'r unig un twyllodrus fan hyn . . .'

'Gad hi nawr, Glyn! Ti fel hen diwn gron, 'achan!' ebychodd Rhodri. Roedd cecran Glyn yn dechrau mynd dan ei groen. 'Dewch i ni gael meddwl sut allwn ni ennill y gêm 'ma heno, a dangos i'r merched nad ydyn nhw'n well na ni wedi'r cwbwl.'

Bu'r pedwar yn crafu'u pennau am dipyn. Doedd yr un ohonyn nhw'n gallu meddwl am unrhyw dacteg a allai fod yn fanteisiol iddyn nhw. Wedi'r cwbwl, doedd dim modd twyllo mewn gêm bowlio deg, oedd e? Byddai'n rhaid i bawb oedd yn chwarae fod gyda'i gilydd yn yr un eil yn cadw llygad ar y bowlio a'r sgitls wrth i bob chwaraewr gymryd ei dro. Doedd dim modd hawlio mwy o bwyntiau wrth dwyllo ar bapur, oherwydd roedd y sgôr yn cael ei gadw'n ddiogel yng nghrombil y cyfrifiadur – a'r cyfrifiadur wrth gwrs fyddai'n cyfri'r sgôr yn y lle cyntaf, felly roedd hynny'n amhosib. Dal i syllu ar y nenfwd roedd y bechgyn pan gawson nhw eu deffro gan lwy Mr Llwyd yn taro'r bwrdd o'i flaen yn swnllyd er mwyn tynnu sylw pawb.

'Blant! Ga i'ch sylw chi, os gwelwch yn dda?' gwaeddodd ar draws y ffreutur swnllyd. Dechreuodd pawb ymdawelu ychydig wrth iddo barhau i daro'r llwy'n galetach yn erbyn y bwrdd nes i'r sŵn fyddaru'r plant a eisteddai agosaf at fwrdd yr athrawon.

'Diolch,' meddai, wedi i bawb droi i'w wynebu er mwyn gwrando ar yr hyn oedd ganddo i'w ddweud.

'Fel y gwyddoch i gyd, byddwn ni'n bowlio deg ar ôl swper heno. Ac fel ry'ch chi i gyd yn gwybod hefyd, pan fyddwn ni'n dod i Wersyll Glan-llyn, ry'n ni'n cynnal cystadleuaeth rhwng y bechgyn a'r merched.'

Daeth ambell floedd o'r gynulleidfa.

'Ac felly,' aeth Mr Llwyd yn ei flaen gan chwifio'i freichiau i ddistewi'r dorf, 'fe fydda i'n gapten ar dîm y bechgyn, a Miss Hwyl yn gapten ar dîm y merched.'

Cododd Miss Hwyl ei phen a gwenu'n gyfeillgar ar bawb yn yr ystafell.

'Fel y cofiwch chi, y bechgyn enillodd y llynedd o drwch blewyn, ac mae'n addo bod yn gystadleuaeth agos eleni eto. Fe fydd saith aelod ymhob tîm, a dau aelod o staff – un ar bob tîm. Felly er mwyn penderfynu pa chwe bachgen a chwe merch fydd yn cystadlu, byddwn yn rhoi cyfle i chi i gyd chwarae am o leiaf awr i ymarfer a chystadlu cyn cyfri'r sgoriau i weld pwy sydd â'r sgoriau uchaf. Fe fydd y chwe bachgen uchaf eu marciau yn ymuno wedyn gyda fi i wynebu'r chwe merch uchaf eu marciau gyda Miss Hwyl. Bydd y gweddill ohonoch chi'n aros i wylio ac i gefnogi'r chwaraewyr. Ydi pawb yn deall?'

'Ydyn!' bloeddiodd y rhan fwyaf o'r plant yn llawn cynnwrf. Doedd dim cystadleuaeth bwysicach na hon i'w chael i rai, a hynny oherwydd y wobr oedd yn disgwyl yr enillwyr. Mr Ifan, y Pennaeth, gafodd y syniad am y wobr flynyddoedd yn ôl, er mwyn rhoi diwedd ar yr anghydweld rhwng y bechgyn a'r merched ar deithiau bws. Byddai dadlau cyson ynglŷn â phwy oedd yn cael eistedd yn y sedd gefn. Ac felly, un flwyddyn, tra oedd yn llwytho'r bws i fynd i Lan-llyn, penderfynodd Mr Ifan dawelu'r cynnwrf unwaith ac am byth drwy gyhoeddi mai enillwyr y gystadleuaeth bowlio deg y noson honno fyddai'n cael eistedd yng nghefn y bws ar bob taith ysgol am *flwyddyn gyfan*! Y merched enillodd y flwyddyn gyntaf honno, a mawr oedd eu brolio ar bob taith wedi hynny. Ond wedyn, y bechgyn fu'n hawlio hanner ôl y bws am dair blynedd yn olynol, a theimlai'r merched ei bod hi'n hen bryd rhoi stop ar hynny!

'Ac felly, gyfeillion,' ychwanegodd Mr Llwyd cyn dychwelyd at ei bwdin, 'fe gwrddwn ni draw yn y neuadd fowlio deg ymhen hanner awr. Peidiwch â bod yn hwyr!'

6

Bowlio deg tân ddeg

Pan gyrhaeddodd Mr Llwyd a Miss Hwyl y neuadd bowlio deg chwarter awr yn ddiweddarach, roedd y ciw y tu allan yn ferw gwyllt yn disgwyl i fynd i mewn. Ychydig gamau y tu ôl iddyn nhw cerddai Siôn yn cario allweddi'r neuadd yn un llaw, a ffôn symudol yn y llall. Roedd e wrthi'n byseddu neges destun ar allweddell ei ffôn yn frysiog, gan wylltio'r plant oedd ar frys i fynd i mewn.

'Tîmau o bedwar, os gwelwch yn dda,' gwaeddodd Mr Llwyd wrth i'r plant ruthro heibio iddo drwy'r drws. 'Dim rhedeg, dyna sut mae damweiniau'n digwydd. Mae angen i bawb fod yn holliach ar gyfer y gêm 'ma heno! Fedrwch chi ddim chwarae bowlio deg a'ch coes mewn plastar!'

Ond parhau i ruthro heibio iddo wnâi'r plant. Llanwyd chwe eil o bedwar o fewn chwinciad!

'Ga i'ch sylw chi i gyd, os gwelwch yn dda?' gwaeddodd Siôn. 'Brysiwch rŵan!'

Tawelodd pawb ac eistedd yn ddistaw i glywed yr hyn oedd gan yr hyfforddwr i'w ddweud.

'Siôn ydw i – os oeddech chi ar y daith gerdded mi fyddwch chi 'di 'nghyfarfod i'n barod. Y gweddill ohonach chi – helô! Fi fydd yn gyfrifol am y sesiwn bowlio deg heno. Yn gynta rhaid casglu sgidia addas o'r ddesg yn fan'cw ymhen munud, yna mae'r peli bowlio deg ar y silff y tu ôl i mi. Cofiwch eu bod nhw i gyd yn pwyso'n wahanol a bod maint y tylla'n amrywio, felly os oes gynnoch chi fysadd tena gwnewch yn siŵr nad ydy'r tylla'n rhy fawr neu mi fydd y peli'n hedfan oddi ar eich bysadd chi ac yn glanio ar ben y rhai sy yn yr eil nesa atoch chi!'

Chwarddodd y plant, gan deimlo'n falch o gael cyfle i waredu rhywfaint o'r tensiwn oedd wedi cydio ynddynt.

'Ydi hynna'n glir i bawb? Mi fydda i'n cyhoeddi enwa'r rhai fydd yn cynrychioli'r hogia a'r genod – bechgyn a merched i chi – ychydig funuda cyn naw o'r gloch.'

Rhuthrodd pawb i gasglu'u hesgidiau a'u peli cyn dychwelyd i deipio'u henwau i mewn i'r cyfrifiaduron. Jac oedd y cyntaf i gyrraedd y peiriant a theipiodd ei enw i mewn yn frysiog cyn gadael i Glyn gymryd ei dro.

'Y Jacster?!' darllenodd Glyn allan yn uchel i bawb gael clywed. 'Pa fath o enw yw hwnna?'

'O'n i jyst yn meddwl ei fod yn swnio'n fwy cŵl na Jac ar ben ei hun. 'Bach o hwyl – 'na i gyd!' atebodd Jac yn swta.

'Hmmm, gad i fi feddwl . . . o, dwi'n gw'bod!' meddai Glyn gan fyseddu'r botymau bach yn bwyllog i roi ei gynnig e ar enwau doniol y noson.

'Glyn-2-win,' meddai Deian mewn llais sarcastig. 'Enw da, Glyn!'

Rhodri oedd y nesa i roi ei enw yng nghrombil y peiriant. 'R – h – o – d – s!' meddai.

'Gwreiddiol iawn, Rhods!' meddai Deian eto, yn yr un llais sarcastig.

'O ie, a beth wyt ti'n mynd i alw dy hun 'de?' gofynnodd Rhodri, a oedd yn dechrau cael llond bol ar agwedd Deian.

'Rhwydd!' atebodd hwnnw, gan symud yn agosach at y peiriant i deipio'i enw. Ychydig eiliadau yn unig a gymerodd i deipio'i enw ar y bysellfwrdd.

'Dyna ni,' meddai ar ôl iddo orffen.

'Beth? Jyst "Deian"! – dy enw iawn di ta beth?' chwarddodd Rhodri ar ei ffrind.

'Clywch bois bach, sdim angen gimic arna i i ennill fy lle yn nhîm y bechgyn heno. Falle bod angen i chi ga'l eich sbort wrth ddewis enwau gwahanol, ond fydda i'n cael fy sbort wrth chwarae, a chwarae'n dda!'

'Dere mla'n Jac, ti sydd i fynd gyntaf!' torrodd Rhodri ar ei draws. Roedd y cyfrifiadur yn barod, y sgitls yn barod a'r peli'n barod. Ond doedd Jac ddim! Roedd Jac wrthi'n tynnu'r papur lapio oddi ar *Starburst* blas mefus, a'i dafod yn dyfrio wrth feddwl am flas melys y ciwboid bach pinc!

'Jac, 'achan! Tyn dy fys mas! Ti sydd i fynd!' poerodd Glyn yn ei dymer. 'Ti'n gwastraffu amser fel hyn ma' pawb arall wedi dechre bowlio heblaw ni.'

Ac yn wir, roedd pob eil yn llawn, gyda phawb wrthi'n canolbwyntio'n galed ar yr hyn oedd o'u blaenau. Deg sgitl mewn triongl yn hongian oddi ar linynnau bach tenau, a'r rheiny'n cael eu hyrddio i bobman gan bêl drom sgleiniog yn taranu tuag atyn nhw fel injan dân mewn argyfwng!

'Reit 'te bois, edrychwch ar hyn!' cyhoeddodd Jac yn awdurdodol, gan godi'r bêl biws uwch ei ben a thaflu'i hun i gyfeiriad y lôn gul o'i flaen. Gostyngodd ei fraich cyn ei chodi y tu ôl iddo, ac yna hyrddio'r bêl â'i holl nerth i lawr y canol gan ennill streic ar ei ymgais gyntaf. Roedd ei bêl wedi teithio mor gyflym nes gwneud i beli'r plant eraill ar bob ochr iddo edrych fel petaent yn rowlio mewn slow motion!

'Haleliwia, Jac!' meddai Glyn gan fethu credu'i lygaid. 'Weden i bod ti wedi torri rhai o'r sgitls 'na. O'dd hwnna'n ffantastic, 'achan!'

'Diolch, Glyn,' atebodd Jac a'i frest yn chwyddo â balchder.

'Ie wel,' dechreuodd Deian, 'fe ddyle fe fod 'fyd, ar ôl yr holl ymarfer ma' fe 'di neud yn ddiweddar.'

'Oedd *rhaid* i ti agor dy hen geg fawr, on'd oedd e?!' arthiodd Jac drwy'i ddannedd gan droi i edrych ar Deian.

'Wel, chi wastad yn dweud mai *fi* yw'r un mwyaf

cystadleuol, a'r un sy'n twyllo, ond nid *fi* sydd wedi bod yn teithio i Abertawe unwaith yr wythnos i ymarfer bowlio yn ystod y misoedd d'wetha, nage fe?' cyhoeddodd Deian, gan wybod y byddai'r wybodaeth yma'n siŵr o amharu ar gêm Jac.

'Nid twyllo yw hynny, ond *ymarfer*!' protestiodd Jac gan wneud ei orau glas i beidio â cholli'i dymer. Gwyddai y byddai hynny'n effeithio ar ei allu i ganolbwyntio.

'Pam nad oeddet ti am i neb w'bod 'te, Jac? Pam cadw'r peth yn gyfrinach? Wnes i ond ffeindio mas ar ôl clywed dy fam yn dweud wrth Mam bod teithio i lawr i Abertawe bob wythnos yn costio'n ddrud iddi mewn petrol. Ond ro'n i wedi dy amau di cyn hynny ta beth, achos bob dydd Sul pan fydden i'n awgrymu bod ni'n cwrdd, fyddet ti wastad yn neud rhyw esgus lan dy fod ti'n gneud rhywbeth arall.'

'Wwww ie. Sylwes i ar hynny 'fyd!' ychwanegodd Rhodri wrth sylweddoli ei fod yntau wedi amau esgusodion gwan Jac yn ystod yr wythnosau diwethaf. Yr eiliad nesaf roedd Siôn yn sefyll yn eu hymyl a golwg ddryslyd ar ei wyneb.

'Popeth yn iawn, hogia?' holodd, gan edrych o un wyneb i'r llall. 'Dydi'r peiriant heb dorri nac'di? Mae pawb arall 'di bowlio o leia deirgwaith yr un, a dim ond . . .' edrychodd yn fanylach ar y sgrin uwch ei ben '. . . Y Jacster sy wedi bowlio yn fan'ma!'

'Na dyw e heb dorri, Siôn; roedden ni'n trafod tactegau. Dyna i gyd,' atebodd Rhodri'n dawel.

'Digon teg, ond brysiwch os dach chi isio cyfla i fod yn y chwech ucha.' Cerddodd Siôn i ffwrdd gan adael y pedwar yn edrych ar ci gilydd.

'Reit, ma'r cw'mpo mas 'ma'n bennu nawr!' meddai Rhodri, gan godi ar ei draed a cherdded o gwmpas y grŵp. ''Sdim gobaith 'da ni i ennill heb weithio fel tîm, ac ar y funud dim ond weindio'n gilydd lan ry'n ni'n neud. Dewch nawr, pawb i gymryd y bowlio o ddifri, neu man a man i ni ad'el i'r bechgyn eraill fod ar y tîm neu jyst rhoi'r sedd gefn i'r merched am y flwyddyn nesa . . .'

Gyda hynny cododd Glyn ar ei draed a chamu'n bositif tua'r rhes o beli llachar. Dewisodd un las gan sicrhau bod ei fysedd yn ffitio'n daclus yn y tyllau. Yna, gydag arddeliad annisgwyl, camodd yn ysgafn tua chanol y lôn cyn gosod y bêl yn bert ar yr ochr dde a'i throelli'n gelfydd tua chanol y triongl gan daro'r sgitl flaen cyn diwedd ei thaith.

'Biwti!' gwaeddodd Glyn wrth i'r sgitls i gyd ddisgyn yn ddidrugaredd dan bwysau'r bêl.

'C'mon, bois!' Ymunodd Deian yn y dathlu, gan roi clap ar gefn Rhodri wrth i hwnnw gymryd ei dro i ddewis pêl. Dewisodd Rhodri'r bêl las hefyd gan fod ei fysedd yntau, fel rhai Glyn, dipyn yn llai na bysedd anferth Jac! Yna, gan ruthro tua'r lôn a gollwng ei afael ar y bêl ychydig yn gynt nag y byddai wedi hoffi, gwyrodd y bêl tua'r ochr chwith a tharo tair sgitl i lawr. Dychwelodd gyda'i ail gynnig i daro pedair sgitl ychwanegol a roddai gyfanswm o 7 pwynt iddo.

'Ddim yn ffôl, Rhods boi!' meddai Glyn gan guro'i ddwylo i godi hyder Rhodri a oedd braidd yn siomedig â'i ymdrech, yn enwedig ar ôl i'r Jacster a Glyn-2-win gael streic yr un.

Tro Deian oedd hi nesa. 'Dere mla'n, Dei bach,' meddai wrtho'i hun, gan geisio codi'i hyder. Dewisodd y bêl werdd a oedd ychydig yn drymach na'r bêl las, a chydag un symudiad cyflym hyrddiodd ei hun ymlaen i ochr chwith y lôn gan adael i'r bêl rowlio gyda holl nerth ei fraich dde i lawr yr eil yn syth tua'r sgitl flaen. Chwalwyd y triongl trefnus ar wahân i ddwy sgitl oedd yn llechu yn y cysgodion yn y cefn. Cydiodd Deian yn ei ail bêl a'i hanelu'n ofalus tua'r ddwy sgitl unig ar ddiwedd y lôn. Llyncodd boer a thynnu anadl hir. Yna camodd ymlaen a rhyddhau'r bêl ychydig yn fwy pwyllog y tro hwn. Rholiodd y bêl yn arafach ond yn gywirach tua'r targed, gan daro'r ddwy sgitl oddi ar eu traed i ganol yr anialwch y tu ôl i'r eil.

'Wohoo!' sgrechiodd Deian. 'Hanner streic! Ddim cystal â streic, dwi'n gw'bod, ond wneith e'r tro am nawr! Jac! Ti sydd i fynd. Gwna'n union fel y gwnest di'r tro d'wetha.'

Edrychodd Jac ar ei ffrind gan wenu'n ddiolchgar

am y gefnogaeth. Fodd bynnag, saith sgitl yn unig gafodd Jac gyda'i ail ymdrech, tra llwyddodd Glyn i gael hanner streic. Llwyddodd Rhodri i gael naw, a Deian hanner streic am yr eildro. Aeth pethau o ddrwg i waeth gyda thrydydd, pedwerydd a phumed cynnig y bechgyn, ac erbyn y chweched a'r seithfed teimlent mai lwc pur oedd y streics a gafwyd ar ddechrau'r noson. Rhodri oedd y cyntaf i dorri rhythm gwael y bechgyn gyda hanner streic, a llwyddodd Deian i gael ei streic gyntaf yn syth wedi hynny. Roedd sgoriau'r pedwar yn agos iawn i'w gilydd, a phrin y gellid gwahanu rhyngddyn nhw wrth i'r tensiwn barhau i gynyddu. Roedd y ddau grŵp arall o fechgyn yn chwarae'n dda ac edrychai'n debygol, ar un adeg, na fyddai'r un chwaraewr o grŵp Glyn yn llwyddo i gyrraedd y tîm ar gyfer y rownd derfynol. Edrychodd Glyn ar y cloc uwchben y drws. Hanner awr wedi wyth. 'Hanner awr i fynd felly, bois. Tynnwch eich bysedd mas!'

Bu'r chwarter awr nesa'n gyfnod llawer gwell i'r bechgyn gyda phedwar streic a phump hanner streic rhyngddyn nhw'n codi eu sgoriau gryn dipyn yn uwch. Yn ychwanegol at hyn, doedd Carwyn, Llion na John ddim wedi sgorio'n rhy dda yn ystod eu troeon diwethaf ac felly roedd y sgoriau'n fwy cyfartal.

'Deg munud i fynd!' cyhoeddodd Siôn gan ddal yr uchelseinydd at ei geg. 'Bydd raid i chi i gyd fod

49

wedi bowlio ugain tro yr un cyn i mi fedru cymharu'ch sgoria chi, felly brysiwch os dach chi ar ei hôl hi!'

Roedd un grŵp o ferched eisoes wedi gorffen a thaflodd Jac olwg draw i weld pwy oedden nhw. Criw Megan! Dylai fod wedi dyfalu mai nhw fyddai'n gorffen gyntaf. Ceisiodd daflu cip hefyd ar y sgrin uwch eu pennau, ond roedd Siôn eisoes wedi ei diffodd rhag datgelu eu sgôr i weddill y cystadleuwyr.

Ymhen deng munud roedd pawb wedi cwblhau eu gêmau ac yn aros yn eiddgar am y canlyniadau. Safai Siôn y tu ôl i'w ddesg yn crafu'i ben o flaen sgrin ei gyfrifiadur gan sgriblo ar ddarn o bapur pitw yr olwg â phensil miniog. Cymerodd sawl munud i benderfynu ar y chwe enillydd o blith y bechgyn a'r merched, gan wirio'r enwau ar y rhestr ddwywaith neu dair i sicrhau ei fod wedi cyfri'r sgoriau'n gywir. O'r diwedd, cododd yr uchelseinydd at ei geg, ond penderfynodd beidio â'i ddefnyddio gan fod yr ystafell mor dawel â'r bedd ta beth.

'Ffrindiau,' meddai gyda gwên lydan yn ymledu ar draws ei wyneb, 'dyma'r eiliad rydach chi wedi bod yn disgwyl yn eiddgar amdani!'

Safai Mr Llwyd yn ei ymyl. Roedd yntau hefyd wedi bod yn aros am yr eiliad hon. Wedi cael llond bol ar wylio'r plant yn chwarae, roedd e'n awchu am gyfle i gydio yn un o'r peli ei hun a'i rholio'n ddidrugaredd tua'r deg sgitl ar ben pella'r lôn. Fe ddangosai e i'r bechgyn pwy oedd y bòs ar y bowlio deg!

'Yn cynrychioli'r merched heno mi fydd . . . y capten, Miss Hwyl, wrth gwrs . . .' dechreuodd Siôn, a rhoddodd bawb ochenaid hir. Roedd Siôn a'i dynnu coes yn dechrau mynd o dan eu croen! Aeth ymlaen, 'ac yn ymuno â hi mi fydd . . . Eirlys . . . Bethan . . . Lowri . . . Seren . . . Glesni . . . a Megan!' Cododd y chwech ar eu traed ar unwaith gan chwifio'u breichiau ar ei gilydd.

'Merched!' sibrydodd Glyn yng nghlust Deian.

'Ac yn ymuno â Mr Llwyd yn nhîm y bechgyn mi fydd . . .'

'Ssshhhhtt,' poerodd Jac wrth geisio tawelu sgrechian llawen y merched yn ei ymyl.

'Llion . . . Y Jacster . . . Carwyn . . . John . . . Andrew . . . a Glyn-2-win!'

Neidiodd y bechgyn ar eu traed gan roi *high fives* i'w gilydd a neidio ar gefnau'i gilydd gan weiddi 'Woohoooo!' dros y lle i gyd.

'Bechgyn!' sibrydodd Megan yng nghlust Lowri.

'Fe fyddwn ni'n chwara ar lôn rhif 4, draw yn fan'cw. Ydach chi'n barod?' gofynnodd Siôn gan geisio gynhesu'r gynulleidfa.

'Ydyn!' gwaeddodd y plant.

'Dwi'n methu'ch clywad chi . . . Ydach chi'n barod?' ailadroddodd Siôn, yn uwch y tro hwn.

'YDYN!!' bloeddiodd y plant, a chyda hynny arweiniodd Siôn nhw draw at y drydedd lôn gan osod y chwaraewyr i eistedd mewn trefn – y merched yn bowlio o'r ochr chwith a'r bechgyn o'r ochr dde. Daeth enwau pawb i fyny'n awtomatig ar y sgrin uwch eu pennau, gyda'r merched i fowlio'n gyntaf.

Camodd Miss Hwyl ymlaen at y peli gan ddewis un werdd, ei bysedd yn ffitio'n berffaith i'r tyllau bach crwn. Cododd y bêl i fyny at ei gên a chamu'n bwyllog ar hyd y pren gan sythu'i braich yn araf tuag at yn ôl cyn plygu, ac yna *wwwwwwwwsh*! Llithrodd y bêl fel dawnswraig balé ar hyd y pren llithrig, gan chwalu'r triongl yn deilchion.

'Mi-iss, *cha-ch-cha*! Mi-iss, *cha-cha-cha*!' llafarganodd y merched gan wenu'n heriol ar y bechgyn.

'Ym . . . da iawn chi, Miss Hwyl,' mentrodd Mr Llwyd gan deimlo braidd yn annifyr. 'Mae rhywun wedi bod yn ymarfer, dd'wedwn i. Neu lwc pur wrth gwrs!' Roedd e wedi hanner gobeithio y byddai Miss Hwyl yn chwarae'n wael.

'Www, lwc siŵr o fod Mr Llwyd,' atebodd Miss Hwyl braidd yn swil. Doedd hi ddim yn un am ganmol ei hun. A dweud y gwir, doedd hi heb chwarae bowlio deg ers ei dyddiau coleg.

Camodd Mr Llwyd ymlaen at y peli a dewis un las. Fe fyddai'r peli trymach yn rhy fawr i'w fysedd, a siawns y bydden nhw'n rhy drwm iddo ta beth!

Rhuthrodd ei goesau tenau ychydig yn fwy brysiog tuag at y lôn nag a wnaeth rhai Miss Hwyl, ac edrychai'n lletchwith dros ben wrth godi'r bêl y tu ôl iddo gyda'i fraich wedi'i phlygu a'i gorff fel petai wedi troi i wynebu'r cyfeiriad y dacthai ohono!

O'r diwedd, llaciodd ei afael ar y bêl; glaniodd honno gyda 'chrac' ar y pren a rhowlio'n araf tua chornel dde'r sgitls. Disgynnodd tair sgitl i gyd – dwy ohonyn nhw'n araf a'r drydedd yn arafach fyth, fel petai'n teimlo trueni dros Mr Llwyd a'i ymdrech lipa!

Trodd Mr Llwyd ar ei sawdl gan ddychwelyd i nôl ei ail bêl. Cydiodd ynddi a throi i wynebu'r saith sgitl a oedd yn weddill. Synnodd fod pawb mor dawel. Yn dilyn ei ymgais gyntaf roedd e'n disgwyl i bawb chwerthin am ei ben. Ond ni wnaeth neb. Y gwir oedd fod y bechgyn yn rhy grac i chwerthin, am ei fod yn gadael y tîm i lawr, a'r merched yn rhy gall i wneud.

Symudodd Mr Llwyd yn arafach yr eilwaith, ei goesau tenau'n igam-ogamu ychydig yn llai a'i gorff yn aros ychydig yn fwy syth wrth anelu'r bêl tua chanol y lôn. Glaniodd honno'n ddistawach y tro hwn ac anelodd hi ychydig yn agosach at flaen y triongl gan lwyddo i daro rhywfaint yn rhagor o'r peli – cyfanswm o bedair. Gyda thair sgitl yn parhau i rythu arno o ben draw'r lôn, trodd Mr Llwyd yn ddigon bodlon ag ef ei hun i ymuno â gweddill y bechgyn. Teimlai mai lwc pur oedd ymgais Miss Hwyl i gael streic, ac fe ddeuai hynny'n amlycach wrth i'r gystadleuaeth fynd yn ei blaen.

Ond ni allai Mr Llwyd fod yn bellach o'r gwir!

Yn wir, profodd Miss Hwyl ei bod yn fowlwraig gref iawn gan chwarae'n arbennig o dda. Felly hefyd Bethan, Lowri a Megan. Gyda phawb wedi bowlio pum pêl yr un roedd y merched ar y blaen, cr mawr siom i'r bechgyn. Rhythai Deian i gyfeiriad y bechgyn, yn enwedig Jac a Glyn a oedd yn chwarae'n ddifrifol o wael. Doedd Glyn heb daro mwy na phum sgitl ar y tro, a dim ond un hanner streic roedd Jac wedi llwyddo i'w gael er yr holl ymarfer!

Ar y llaw arall, roedd y merched wedi chwarae fel tîm – pob un ohonyn nhw'n canmol ymdrechion y lleill ac yn rhoi ysbrydoliaeth i'r rhai oedd yn siomedig gyda'u hymdrechion hwy. Roedd y merched hefyd i'w gweld yn mwynhau chwarae, tra oedd y bechgyn yn ymddangos o dan gryn dipyn o bwysau. Doedd Mr Llwyd yn ddim help, wrth gwrs. Tra bod personoliaeth dawel, hamddenol Miss Hwyl yn dylanwadu'n dda ar y merched, nid felly bersonoliaeth Mr Llwyd. Roedd e wedi colli rheolaeth lwyr ar ei nerfau, ac yn banics gwyllt – nid yn unig gyda phob bowl o'i eiddo ef, ond gyda phob un o fowliau'r bechgyn yn ogystal. Roedd John ac Andrew, druain, yn crynu bob tro y bydden nhw'n cydio mewn pêl, a bu bron i Carwyn faglu dros ei draed ei hun wrth ruthro mewn panig tua'r lôn! Ar ôl y chweched a'r seithfed bowl, a'r bechgyn o leiaf ddeugain pwynt ar ei hôl hi, tynnodd Jac y tîm at ei gilydd yn un grŵp. Plygodd y saith eu pennau mewn cylch gan glymu'u breichiau dros ysgwyddau'i gilydd. Siaradodd Jac yn isel ond yn glir, ei lais yn llawn cyffro ac yn benderfynol o godi calonnau ei gyd-chwaraewyr.

'Clywch, ma' gyda ni dair pêl yr un ar ôl. Os na chawn ni o leia hanner-streics gyda'n peli nesa, mi fydd hi ar ben arnon ni. Mr Llwyd, ro'n i'n clywed eich bod chi'n arfer bod yn dipyn o athletwr erstalwm. Dyma'ch cyfle chi i ddangos eich gallu ac i brofi i bawb sy'n gwylio heno eich bod chi'n haeddu bod yn gapten ar y tîm 'ma. Eich tro chi sydd nesa – dwi ishe i chi ganolbwyntio gant y cant. Gwnewch eich gorau – dyna beth ry'ch chi wastad yn ddweud wrthon ni pan fyddwn ni'n cystadlu – *gwnewch eich gorau glas*. Wel nawr, ni'n gofyn i *chi* wneud eich gorau glas, ac os gallwch chi ddangos esiampl i ni, dwi'n berffaith siŵr y gwnawn ninnau chwarae'n well hefyd.'

Gorffennodd Jac ei araith fer. Dadblethodd pawb eu breichiau o'r cylch, a chododd pen Mr Llwyd yn uwch nag o'r blaen. Sythodd ei gefn a sgwariodd ei ysgwyddau. Camodd yn benderfynol i gyfeiriad y peli gan ddewis un drymach nag arfer. Er nad oedd ei fysedd wedi tyfu yn ystod y pum munud diwethaf, eto i gyd teimlai'r bêl yn gyfforddus iawn yn ei law, ac yn ysgafnach o lawer na phan geisiodd ei chodi ar ddechrau'r noson.

Teimlodd ei waed yn pwmpio'n chwyrn trwy'i gorff. Â'r bêl yn saff dan ei ên, canolbwyntiai'n llwyr ar yr eil a'r deg sgitl o'i flaen. Doedd neb arall yn bodoli. Doedd e ddim yn sylwi ar y plant yn syllu arno. Doedd e ddim chwaith yn clywed bloeddiadau'r bechgyn yn ei annog i chwalu'r triongl yn ddarnau. Y cyfan oedd yn bwysig iddo oedd y deg sgitl. Adleisiai geiriau Jac yn ei ben: *gwnewch eich gorau glas*. Fe ddangosai e iddyn nhw. Câi pawb weld faint o fowliwr oedd e. Camodd ymlaen yn bwyllog gan barhau i ddal y bêl o dan ei ên. Yna, gydag un hyrddiad i ganol y lôn, sythodd ei fraich wrth siglo'r bêl heibio'i ochr i'r tu ôl iddo, ac yna'i thaflu ymlaen i ganol yr eil gyda chyflymder roedd hyd yn oed Jac yn genfigennus ohono. Wrth i'r bêl gyflymu gyda phob metr o'i thaith tua'r triongl, tawelodd pawb wrth i Mr Llwyd ennill streic orau'r noson. Neidiodd yr athro i'r awyr gan chwifio'i freichiau uwch ei ben. Safodd y gynulleidfa ar eu traed wrth gymeradwyo ymdrech eu hathro. Roedd fel petai Mr Llwyd wedi ennill y gêm gyda'i ymgais olaf, ond roedden nhw'n bell o ennill. Ai dyma'r trobwynt roedd ei angen arnyn nhw? A fyddai hyn yn ddigon i ysbrydoli'r bechgyn i ddilyn ôl troed eu hathro?

Bu'n rhaid aros am sbel cyn i Bethan gymryd ei thro hi gan fod angen i Siôn fynd i gefn y neuadd er mwyn datod llinynnau'r sgitls yn dilyn streic arbennig Mr Llwyd. Aeth sawl munud heibio cyn i Siôn ailymddangos drwy ddrws cefn y neuadd yn byseddu'i ffôn symudol unwaith yn rhagor.

'Oes rhaid i hwnna fod ar ei ffôn byth a beunydd?' cwynodd Glyn gan ysu i barhau â'r gêm. 'Mae e wedi bod tu ôl i fan'na am o leia bum munud.'

'Ti'n iawn,' ychwanegodd Jac, 'dyw e ddim yn ystyried pa mor bwysig yw'r gêm 'ma i ni?'

O'r diwedd cafodd Bethan ei chyfle i fowlio'i hwythfed cynnig. Sgoriodd ei sgôr isaf o'r noson – pum sgitl i gyd. Dilynwyd hynny gyda Llion yn llwyddo i gael hanner streic, streic i'r Jacster, Carwyn, John ac Andrew ill tri yn sgorio naw yr un, a Glyn-2-win yn cael hanner streic. Parhaodd y nawfed bowl yn addawol hefyd, gyda'r bechgyn eto'n sgorio'n uchel – Mr Llwyd y tro hwn yn ennill hanner streic, a'r merched am unwaith wedi colli eu hyder yn gyfan gwbl ac yn rhoi cyfle i'r bechgyn gipio'r fuddugoliaeth o dan eu trwynau.

Fel y llynedd, roedd canlyniad y gêm yn dibynnu ar y peli olaf.

Edrychodd Megan a Glyn i fyw llygaid ei gilydd. Roedd y cyfan yn dibynnu arnyn nhw. Megan oedd i fowlio gyntaf. Croesodd Glyn ei fysedd gan obeithio y byddai Megan yn sgorio'n isel, os o gwbl. Cydiodd Megan yn ei hoff bêl a throi i wynebu'r sgitls. Yna, heb oedi, brasgamodd ar draws y llawr pren a rholio'r bêl yn gelfydd i lawr yr eil gan daro'r sgitl flaen ar ei thrwyn. Cwympodd pob un sgitl yn ei thro wrth droi sgôr Megan yn streic. Uwchben y bloeddiadau a'r sgrechfeydd daeth llais Siôn dros yr uchelseinydd.

'Cofiwch chi, blant, os dach chi'n cael streic gyda'r ddegfed bêl dach chi'n cael tro arall. Felly Megan, ffwr' â thi eto . . .'

Llwyddodd Megan i daro chwe sgitl gyda'r bêl honno, a thair gyda'i phêl olaf, gan roi cyfanswm o streic a naw pêl iddi. Byddai angen i Glyn gael o leiaf streic i gychwyn, ac yna hanner streic neu streic lawn yn ystod ei ail fowl. Cydiodd yn ei bêl gyntaf. Roedd llygaid pawb yn yr ystafell arno. Taflodd gipolwg sydyn i gyfeiriad Jac a Mr Llwyd, a rhoddodd y ddau nòd sydyn iddo, gystal â dweud 'dyma dy gyfle di, Glyn; gwna dy ore'. Safodd Glyn yn llonydd ar ganol yr eil. Roedd popeth yn dawel. Cerddodd yn araf tua'r lôn gan gyflymu'n raddol fel yr âi'n agosach at y linell derfyn. Cododd y bêl yn uwch nag erioed cyn ei rhyddhau'n fedrus tua chanol y triongl ym mhen pella'r lôn. Roedd llygaid pawb ar y bêl wrth iddi lithro fel petai ar iâ tuag at y deg milwr bach pellaf. Yna, STREIC! Daeth bloedd o ochr y bechgyn. Roedd Glyn hanner ffordd yna. Byddai streic gyda'r bêl olaf yn sicrhau buddugoliaeth!

Cydiodd Glyn mewn pêl arall a rhuthro'n gynt y tro hwn tua'r lôn a rhyddhau'r bêl yr un mor fedrus i lawr y canol. Unwaith eto, gwyliodd pawb y bêl yn gwibio ar y pren llithrig. Roedd Glyn wedi bowlio'n union fel y tro cynt. Ond y tro hwn, wrth i'r sgitls ddisgyn o un i un, safai un fach ar ôl ar yr ochr chwith. Daeth ochenaid o ryddhad o ochr y merched, a chafwyd eiliad o rwystredigaeth ar ochr y bechgyn. Heb gynhyrfu, dychwelodd Glyn i gydio mewn pêl las arall a oedd yn y rhesel yn barod. Cydiodd ynddi a gwasgu'i fysedd i mewn yn gyfforddus iddi. Reit. Dyma ni. Y cyfan oedd angen iddo ei wneud oedd anelu'r bêl yn syth tua'r sgitl olaf a byddai'r cyfan ar ben. Mi fyddai e, Glyn, wedi achub y dydd.

Unwaith eto, safodd yn stond gan lygadu'r lôn hir o'i flaen. Cerddodd yn gyflym gyda'r bêl yn uchel wrth ei ên cyn siglo'i fraich yn ôl ac yna ymlaen i ryddhau'r bêl wrth anelu'n syth tua'r sgitl unig ar ddiwedd y lôn. Ond, yn lle ei rhyddhau, dilynodd llaw Glyn y bêl i lawr yr eil gan dynnu'i gorff mewn plwc sydyn y tu ôl iddi a dyma fe'n deifio'n lletchwith i ganol y lôn gan lanio wyneb-i-waered ar y pren caled. Roedd y bêl, yn anffodus, yn dal yn sownd ym mysedd Glyn.

'A'r merched sy'n ennill!' bloeddiodd llais Siôn

dros yr uchelseinydd, ond prin y gellid ei glywed oherwydd roedd sgrechfeydd a chwerthin y merched yn boddi pob sŵn arall yn yr adeilad.

Cododd Glyn ar ei draed yn araf a throi i wynebu'r bechgyn yn fud. Ni allai gredu'r peth. Beth oedd wedi digwydd? Sut oedd ei fysedd wedi mynd yn sownd yn y tyllau gyda'r bêl olaf, ac yntau wedi bod yn defnyddio'r peli glas drwy'r nos? Tynnodd ei fysedd allan o'r tyllau gyda chryn drafferth. Wrth eu rhyddhau bob yn un ac un, gallai weld beth oedd y broblem. Roedd gwm cnoi ym mhob un o'r tyllau. Sylweddolodd yn syth beth oedd wedi digwydd. Edrychodd i gyfeiriad tîm y merched, ac ar yr union un eiliad cyfarfu ei lygaid â llygaid Megan. Edrychodd y ddau i fyw llygaid ei gilydd, a gwelodd Glyn hanner gwên yn ymledu ar draws ei gwefusau. Deallodd yn syth pwy oedd yn gyfrifol am osod y gwm cnoi yn y bêl, a thyngodd lw i ddial ar Megan, rywfodd! Doedd dim pwynt iddo gwyno wrth Siôn na'r athrawon am y twyll gan y byddai pawb yn dweud mai gwneud esgusodion yr oedd oherwydd ei fod wedi colli'r gêm i'r bechgyn. Ond fe wyddai e, a Megan, beth oedd y gwir reswm y tu ôl i fuddugoliaeth y merched.

7

Y ras wyau siocled

Roedd hi wedi deg o'r gloch pan ddychwelodd y bechgyn i Ystafell 104. Roedd Glyn wedi dweud hanes y gwm cnoi wrthynt ar eu ffordd 'nôl, a doedd yr un o'r bechgyn yn amau ei stori o gwbl.

'Wedes i eu bod nhw'n cynllwynio rhywbeth,' meddai Rhodri gan daro'i ddwrn i mewn i'w obennydd. 'Dyna beth o'n nhw'n ei drefnu y tu fas i'r ffreutur gynne fach.'

'Ti'n iawn!' cytunodd Deian. 'A dewch mla'n, ni'n gw'bod pa mor gyfrwys yw'r merched 'na.'

'A phwy sydd byth a beunydd â gwm cnoi yn ei cheg?' gofynnodd Rhodri.

'Megan!' atebodd y tri arall gyda'i gilydd.

'Yn hollol!' cytunodd Rhodri.

Gyda hynny daeth cnoc ar y drws a llais Mr Llwyd yn bloeddio o'r ochr draw iddo. 'Fechgyn! Mae gyda chi ddeng munud cyn i'r goleuadau gael eu diffodd. Dwi'n disgwyl y byddwch i gyd yn eich gwelyau erbyn i fi ddod 'nôl,' meddai.

'Pwy sy'n mynd i frwsio'u dannedd gynta?' holodd Glyn, gan dwrio yn ei fag molchi am ei baot dannedd.

'Af i gynta 'de,' atebodd Deian, a oedd eisoes wedi gosod ei frwsh a'i bast dannedd wrth y sinc.

Gallai'r bechgyn glywed Mr Llwyd yn cyhoeddi'i neges ar hyd y coridor. Brysiodd y pedwar i frwsio'u dannedd a mynd i'w gwelyau gan orwedd yn dawel wrth aros i'w hathro gyrraedd. Doedd dim awydd mynd i gysgu arnyn nhw, wrth gwrs, ond byddai esgus dangos i Mr Llwyd eu bod wedi blino yn sicrhau llonydd iddyn nhw wedi iddo ddiffodd y golau. Dychwelodd hwnnw ymhen deng munud union a chnocio ar y drws.

'Fechgyn, Mr Llwyd sy 'ma. Ga i ddod i mewn?' gofynnodd yn uchel.

'Cewch!' atebodd y bechgyn, gan geisio swnio'n gysglyd. Agorodd yr athro y drws led y pen ond, er mawr syndod iddyn nhw, ddaeth e ddim i mewn.

'O! Wna i mo'ch 'styrbio chi, fechgyn. Wna i ddiffodd y golau nawr. Nos da i chi i gyd! Brecwast am 8 o'r gloch, cofiwch. Byddaf yn dod i'ch deffro chi am hanner awr wedi saith. Nos da,' meddai eto. A chydag un glic i'r golau ac un glep i'r drws, dyma fe'n diflannu.

'Ha! *Fe'n* ein deffro *ni* am hanner awr wedi saith! Gewn ni weld am 'ny!' meddai Jac, gan swnio dipyn yn llai cysglyd nag yr oedd ychydig eiliadau'n gynt.

'Peidiwch â symud na siarad am dipyn,' sibrydodd Rhodri. 'Mae e'n siŵr o fod yn sefyll y tu allan i'r drws nawr yn gwrando'n astud.'

Ac yn wir, dyna'n union lle'r oedd Mr Llwyd – yn sefyll y tu allan i'r drws yn dawel bach a'i glust yn gwasgu yn erbyn drws trwchus Ystafell 104. Doedd e heb ddisgwyl gweld Glyn a'i griw yn eu gwelyau mor gynnar â hyn. Roedd e'n siŵr eu bod nhw'n cynllwynio rhywbeth. Ond, wedi meddwl, roedden nhw wedi cael diwrnod blinedig iawn rhwng popeth. A bydden nhw'n sicr o fod yn teimlo'n ddigalon iawn ar ôl colli'r gêm bowlio deg i'r merched.

Gyda hynny, agorodd Mr Llwyd ei geg led y pen wrth deimlo blinder y dydd yn dod drosto. 'O diar!' meddai wrtho'i hun, 'gwell i minnau ei throi hi am y cae sgwâr hefyd, dwi'n meddwl.' Ac ar ôl gwrando am ychydig eiliadau eto bodlonodd â'r tawelwch ac anelodd am ei ystafell ei hun.

Bum munud yn ddiweddarach roedd Ystafell 104 wedi'i goleuo i gyd a'r pedwar bachgen yn eistedd yn eu dillad nos o amgylch hen fwrdd bach pren a lusgwyd i ganol y llawr. Ar y bwrdd roedd wy pasg oedd wedi'i ddadwisgo o'i sach gysgu liwgar, ac yn ei ymyl roedd oriawr ddigidol oedd hefyd yn stopwats. Cododd Jac a throedio o amgylch yr ystafell mewn cylchoedd wrth geisio tawelu'i nerfau.

'Oes rhaid i fi neud hyn eto?' holodd Jac am y canfed tro.

'Oes,' atebodd Glyn yn swta, 'dwyt ti ddim yn mynd i gael llonydd nes i ti ei neud e.'

'Ond pam na all Deian fynd gynta?' gofynnodd

Jac wedyn. 'O leia ma' gyda fe ryw fath o reswm dros neud drwy gael y bet 'na gyda Glyn.'

'Wel, beth am wneud hyn 'te . . .' awgrymodd Rhodri, 'os mai rheswm wyt ti'n moyn, fe allet ti a Deian rasio yn erbyn eich gilydd. Os wyt ti'n ennill yn erbyn Deian ac yn llwyddo i wneud hynny mewn llai na phymtheg eiliad, ti sy'n ennill. Ti wedyn fydd yn gosod her i Glyn . . .'

'Hei, aros funud nawr,' meddai Glyn gan godi'i lais yn sydyn. 'Gyda Deian dwi wedi betio, nid Jac.'

Ond torrodd Deian ar ei draws, 'Jiw, am syniad da! Ga i ras yn erbyn Jac, felly, a chael cynnig i guro'r amser o bymtheg eiliad ar yr un pryd.'

'Yn union,' meddai Rhodri. 'Mae hynny'n golygu y bydd un ohonoch chi'n ennill y ras yn bendant. Ond dim ond os byddwch chi'n llwyddo i orffen yr wy mewn llai na phymtheg eiliad y byddwch chi'n cael gosod her i Glyn. Os nad ydych chi'n llwyddo, yna bydd Glyn yn cael gosod her i'r ddau ohonoch chi . . .' gorffennodd gan daflu cip i gyfeiriad Glyn.

'O iawn 'te,' meddai hwnnw, 'mae hynny'n berffaith deg!' Dechreuodd Glyn feddwl am syniadau y gallai eu gosod fel her i'r ddau. Lledodd gwên ar draws ei wyneb wrth iddo ystyried nifer o bosibiliadau cas!

'Cyn dechrau,' meddai Rhodri, a'i lais yn swnio'n swyddogol iawn, 'mae'n rhaid i ni fod yn gwbl glir ynglŷn â'r rheolau. Fel hyn rwy'n ei deall hi: mae'r cloc – neu, yn yr achos yma, y stopwats – yn dechrau ar yr union amser mae'r wyau'n mynd i mewn i'ch ceg. Ma' 'da fi oriawr ychwanegol fan hyn, felly fe fydd oriawr yr un gyda ni ar eich cyfer. Wedyn mae'n rhaid i chi fwyta'r wy *i gyd* – hynny yw, bydd y ras ar ben pan fyddwch chi'n llwyddo i agor eich ceg led y pen a dangos i ni nad oes dim o'r siocled na'r hufen ar ôl. Ydw i'n gywir, Glyn?'

'Yn berffaith gywir,' atebodd Glyn. 'Yr unig beth ychwanegol y galla i ei bwysleisio yw fod yn rhaid i'r wy fynd i mewn i'ch ceg mewn un darn. Does dim hawl cnoi ychydig i ffwrdd bob yn dipyn. Bydde hynny'n rhy rwydd.'

'Dim problem!' meddai Deian, wrth i Glyn ddadwisgo wy arall a'i osod ar y bwrdd o'i flaen. Roedd bol Deian wedi bod yn gwegian eisiau bwyd ers oriau a dyna'r gwir reswm, yn nhyb Deian, pam na fedrodd gyrraedd y safon i chwarae yn nhîm bowlio deg y bechgyn – oherwydd ei fod mewn poen o eisiau bwyd. A nawr, wrth iddo lygadu'r wy bach siocled o'i flaen, gallai deimlo'i geg yn diferu â phoer nes ei fod yn rhedeg i lawr ei ên.

'Ar eich marcie . . .' cyhoeddodd Rhodri, wrth iddo gydio yn ei stopwats a pharatoi i wasgu'r botwm. Gwnaeth Glyn yr un peth.

'Barod . . .'

Cyffyrddodd blaen bysedd Deian a Jac yn yr wyau wrth baratoi i'w rhofio i mewn i'w cegau.

'EWCH!'

Taflwyd yr wyau i'r cegau a gwasgwyd botymau'r ddwy stopwats.

Aeth y ddau ati i gnoi o ddifri calon, wrth i'r wyau lenwi eu cegau'n llawn dop! Edrychai Jac fel petai picwnen yn hedfan o amgylch ei geg wrth i'w ên a'i fochau symud ar ras wrth geisio cnoi'r wy, tra edrychai Deian fel petai ar fin tagu unrhyw eiliad. Roedd cymaint o chwant bwyd arno fel ei fod yn cnoi ac yn llyncu mor gyflym nes i'w wyneb droi'n goch yn sydyn iawn.

'Chwech, saith, wyth, naw . . .' cyhoeddodd Rhodri'n glir wrth edrych ar ei stopwats, ac ymddangosai Deian fel petai ar fin llwyddo yn y dasg. Roedd Jac, ar y llaw arall, yn dal i ymladd gyda'r bicwnen, a doedd y lwmp mawr o siocled yn ei geg ddim yn edrych fawr llai na phan gychwynnodd.

'Un ar ddeg, deuddeg, tair ar ddeg, pedai . . .'

Agorodd Deian ei geg led y pen a gwasgodd Rhodri'r botwm ar ei stopwats. Ar ôl edrych yn ofalus yng ngheg Deian, cyhoeddodd Deian ei fod wedi llwyddo i fwyta'r cyfan; gan deimlo braidd yn ddigalon, cytunodd Glyn â'i ddyfarniad. Yn y cyfamser, parhau i gnoi a wnâi Jac, gan lwyddo i orffen mewn ugain eiliad. Synnodd y bechgyn nad oedd Deian yn dawnsio'n falch o gwmpas yr ystafell. Dyna lle'r oedd e'n agor wy arall er mwyn ei fwyta.

Nawr ei fod wedi cael blas ar siocled, doedd e ddim am roi'r gorau iddi tan iddo lenwi'i fol!

'Diddorol iawn,' meddai Rhodri, wrth ystyried canlyniad y ras. 'Mae hyn yn golygu dy fod ti, Deian, yn gosod her i Glyn achos wnest ti lwyddo i fwyta'r wy mewn llai na phymtheg eiliad. A rwyt ti, Glyn, yn cael gosod her i Jac am iddo fe fethu â bwyta'r wy o dan bymtheg eiliad. Diddorol iawn.'

'Hmm,' meddai Glyn, 'dwi ddim yn siŵr ai dathlu neu lefen ddylwn i neud. Ma' Deian yn siŵr o roi her gas i fi . . .'

'O ydw!' atebodd Deian, a oedd wedi gorffen ei ail wy erbyn hyn. 'Ma' her dda iawn 'da fi ar dy gyfer di, Glyn boi!'

'Ti wedi meddwl am un yn barod?' synnodd Rhodri.

'Wrth gwrs!' atebodd Deian. 'Feddyliais i am her reit dda gynne fach wrth gerdded yn ôl o'r bowlio deg.'

'Beth yw hi 'te?' gofynnodd Glyn, gan eistedd yn ôl ar ei wely a chau'i lygaid yn barod i wrando ar ba erchylltra bynnag oedd i ddod.

Cododd Deian ar ei draed a chydio yn y cwpan bach plastig oedd wrth ymyl y sinc. 'Reit, y cyfan sydd angen i ti neud yw hyn . . .'

8

Y cysgod yng ngolau'r lleuad

Agorodd Glyn y drws yn araf bach gan obeithio na
fyddai'n gwichian. Yna camodd yn dawel allan i'r
coridor gan gau'r drws yn ofalus ar ei ôl. Roedd
pobman fel y bedd. Cerddodd ar flaenau'i draed i
lawr y coridor hir nes cyrraedd y grisiau. Camodd i
lawr bob yn un ac un gan geisio peidio â gwneud
sŵn, yn enwedig gan ei fod mor agos at ystafell Mr
Llwyd. Petai hwnnw'n deffro a dal Glyn yn crwydro
o gwmpas y lle fel hyn yng nghanol y nos, byddai'n
siŵr o ffonio Mr Ifan. Aeth Glyn ar flaenau'i draed
at y drws, gan wthio'i gorff yn dynn yn erbyn y wal i
weld a oedd hi'n ddiogel iddo fynd allan heb i'r
gwyliwr nos ei weld. Sylwodd hefyd ar y camerâu
oedd yn pwyntio i wahanol gyfeiriadau, a diolchodd
nad oedd yr un ohonyn nhw'n pwyntio i'w gyfeiriad
ef. Arhosodd yn ei unfan am o leiaf ddwy funud
gyda'i lygaid barcud yn neidio'n nerfus i bob twll a
chornel o'r lawnt y tu allan. Gyda help y lleuad lawn
a goleuadau allanol y gwersyll, penderfynodd Glyn
ei bod hi'n ddigon diogel iddo agor y drws ac
anelu'n syth tua'r berth wrth ochr y llwybr a
arweiniai i lawr i'r llyn. Gwibiodd ar draws y

tarmac gan ddal potel fach blastig yn dynn yn ei law chwith.

Cyrhaeddodd y berth a neidio i'w chanol er mwyn cuddio'i hun yn ei pherfedd. Crynai yn yr oerfel. Byddai'n ddigon oer iddo orfod wneud hyn yn gwisgo'i ddillad, ond yn anffodus doedd rheolau Deian ar gyfer yr her ddim yn caniatáu dillad! Yn ffodus iawn, mynnodd Rhodri ymyrryd a chaniatáu i Glyn wisgo'i bants o leiaf. Wedi tipyn o drafod, penderfynwyd y byddai rhedeg i lawr i'r llyn ac yn ôl yn noethlymun yn ormod o her, ond y byddai gadael i Glyn wneud hynny'n gwisgo'i bants yn dderbyniol. Ac felly y bu. Ond y funud honno, doedd pâr o bants ddim yn help i gadw Glyn yn gynnes!

Edrychodd o'i gwmpas. Roedd pobman yn dawel. Doedd dim sŵn ystlumod i'w glywed, hyd yn oed. Penderfynodd Glyn gropian drwy'r berth am ychydig, ond rhoddodd y gorau i hynny gan fod y brigau'n crafu'i gorff. Cododd ar ei draed ac edrych o'i gwmpas eto. Roedd hi ychydig yn dywyllach erbyn hyn gan ei fod ymhellach i ffwrdd o'r prif adeilad. Amcangyfrifodd Glyn ei fod tua hanner can metr o'r llyn; penderfynodd mai'r ffordd orau i'w gyrraedd heb i'r camerâu na neb ei weld fyddai aros yng nghysgodion y clawdd, a cherdded yn araf i lawr i'r cwt hwylio lle storiwyd y cychod a'r siacedi achub. Aeth yn ei flaen gan daflu cipolwg dros ei ysgwydd nawr ac yn y man. Wrth glosio tua'r adeilad teimlai ei holl gorff yn crynu, fel petai ei waed wedi troi'n hufen iâ, a'r cerrig mân miniog ar y ddaear yn brathu gwaelodion ei draed meddal.

O'r diwedd, cyrhaeddodd y llyn. Nawr, y cyfan oedd angen iddo ei wneud oedd llenwi'r botel fach blastig gyda dŵr o'r llyn er mwyn gallu profi i'r lleill ei fod wedi bod yno, ac yna byddai'n gallu dychwelyd i'w wely cynnes, cyffordds. Aeth heibio i'r cwt hwylio er mwyn cael ei gysgodi rhag y Plas, a cherdded i lawr y ramp concrid caled tua'r lanfa. Plygodd i lenwi'r botel â'i ddwylo crynedig. Ar ôl ei llenwi, cododd o'i gwrcwd. Ond cyn troi, gwelodd rywbeth allan ar y llyn a wnaeth iddo rewi yn ei unfan.

Tua chanllath o'r lan, gallai weld cwch rhwyfo'n gleidio'n araf ar draws y llyn i gyfeiriad y Bala. Roedd y cwch yn ymddangos fel petai newydd adael y tir, neu'r 'ynys' fach y sylwodd Glyn arni'r prynhawn hwnnw wrth ddychwelyd o'r daith gerdded. Wrth edrych i'r cyfeiriad hwnnw, gallai weld cysgod tywyll dyn yn penlinio ac yn gorchuddio rhywbeth ar y ddaear. Roedd e fel petai'n taflu blanced o ryw fath ac yna'n ei thwtio. *Does bosib bod rhywun yn cael picnic yr adeg yma o'r nos?* meddyliodd Glyn wrtho'i hun. Roedd rhywbeth ynghylch y ffordd y symudai'r cysgod yn dweud wrtho ei fod yn gwneud rhyw fath o ddrygioni. Camodd Glyn yn ofalus tua thalcen y cwt hwylio gan wasgu'i hun y tu ôl i wal isel er mwyn cael gwell golwg o'r hyn oedd yn digwydd. Ond, erbyn iddo edrych i gyfeiriad yr ynys, roedd y cysgod wedi diflannu! *I ble aeth hwnna mor glou, tybed?* meddyliodd. Yna edrychodd draw dros y llyn i gyfeiriad y cwch rhwyfo. Daliai hwnnw i anelu tuag at y Bala. Roedd Glyn yn rhy oer i aros funud yn rhagor, felly cerddodd i fyny'r ramp ac yn ôl tua chysgod y berth er mwyn dychwelyd i floc y Berwyn.

Ond . . . roedd rhywun yn cerdded i fyny o gyfeiriad y llyn ar yr ochr chwith iddo. Cyrcydodd Glyn yn sydyn. Yna, defnyddiodd ei law dde i symud y deiliach o'i wyneb er mwyn cael gwell golwg ar bwy bynnag oedd yn crwydro gerllaw. Gwelodd gorff yn gwthio'n araf rhwng y brigau. Adnabu'r wg ar yr wyneb yn syth – Colin! *Beth ar y ddaear ma' hwnna'n neud mas fan hyn yr adeg yma o'r nos?* meddyliodd Glyn wrtho'i hun. Yna cerddodd Colin yn llechwraidd ar draws y lawnt gan daflu cipolwg dros ei ysgwydd i weld a oedd rhywun yn ei wylio, cyn cyrraedd y Plas a llithro i mewn drwy'r drws ffrynt.

Cyfrifodd Glyn i ddeg cyn rhuthro ar draws y lawnt ac i mewn trwy ddrws bloc y Berwyn. Llwyddodd i osgoi'r camera wrth y drws, gan fod hwnnw'n dal i bwyntio i'r cyfeiriad anghywir. Camodd yn frysiog ar flaenau'i draed ar hyd y coridor nes cyrraedd ei stafell, a rhuthrodd drwy'r

71

drws heb oedi eiliad. Roedd Deian, Jac a Rhodri yno'n aros amdano.

'Lwyddest ti?' gofynnodd Jac yn gynhyrfus.

Daliodd Glyn y botel blastig i fyny'n fuddugoliaethus er mwyn dangos y dŵr brwnt i'w ffrindiau. Safai'r tri o'i gwmpas mewn edmygedd. Dim ond Glyn fyddai'n ddigon dwl i fentro gwneud y fath beth!

'Mas o'r ffordd 'te bois,' meddai Glyn yn frysiog, cyn neidio ar y gwely a llithro i gysgu. Dechreuodd deimlo'r gwres yn dod yn ôl i'w gorff, ac arafodd clecian ei ddannedd wrth iddo gladdu'i ben o dan ei obennydd am ychydig eiliadau. Dychwelodd y bechgyn eraill i'w gwelyau hwythau, ar ôl diffodd y golau. Roedd hi'n amlwg na fyddai Glyn yn barod i rannu cyffro'i antur gyda nhw am sbel. Roedd e fel talpyn o rew oedd angen ei ddadlaith! Gorweddodd pawb yn y tywyllwch am rai munudau. Yna, trodd Deian ei fflachlamp ymlaen a'i bwyntio at Glyn a oedd yn gorwedd ar fync top y gwely nesaf ato.

'Hei, Glyn! Ti'n iawn?' sibrydodd yn uchel.

'Hmm?' atebodd Glyn yn gysglyd. Roedd gwres y sach gysgu a'r gobennydd yn nefoedd o'i gymharu ag oerfel y nos, a gallai'n rhwydd fod wedi cwympo i gysgu.

'Pssst, Glyn!' sibrydodd Deian eto, ychydig yn uwch y tro hwn.

'Beth?!' atebodd Glyn yn ddiamynedd. Roedd e'n dechrau cael llond bol ar Deian. Ei fai e oedd ei fod yn teimlo fel hyn yn y lle cynta!

'Wyt ti wedi meddwl am her i Jac eto?' gofynnodd Deian, gan deimlo troed Jac, a oedd yn gorwedd yn y bync oddi tano, yn rhoi cic iddo yn ei gefn.

'Na, ddim eto,' atebodd Glyn, 'feddylia i am un nawr tra 'mod i'n trio mynd i gysgu.'

'Olreit 'te. Nos da, bois!' meddai Deian, gan synnu fod pawb mor barod i fynd i gysgu.

Ond roedd llawer wedi digwydd yn ystod y dydd. Rhwng y daith hir yn y bws, y daith gerdded wedyn a holl ddigwyddiadau'r bowlio deg, roedd y pedwar yn haeddu noson dda o gwsg! Goleuodd Deian wyneb ei oriawr ddigidol. 01:03.

9

Helynt amser brecwast

Glyn oedd y cyntaf i ddeffro y bore canlynol, a hynny oherwydd iddo disian mor uchel nes bron iddo godi ofn arno ef ei hun. Rhodri ddeffrodd nesaf, wrth glywed Glyn yn tisian uwch ei ben; wrth i Glyn disian am yr ail, y trydydd a'r pedwerydd tro, deffrodd Deian a Jac yn ogystal.

'Beth ar wyneb y ddaear oedd y sŵn 'na?' gofynnodd Jac yn gysglyd gan droi a throsi yn ei sach.

'Weden i bod rhywun wedi dal annwyd neithiwr!' meddai Deian.

'Ti'n eitha reit,' atebodd Glyn. 'A bai pwy yw hynny, sgwn i?'

'Dy fai di dy hunan, gwd boi!' atebodd Deian. 'Ti oedd yn ddigon dwl i wneud bet 'da fi, a dim ond ti fyddai'n ddigon dwl i gerdded lawr i'r llyn! Byddai unrhyw un call wedi pallu.'

'Ma' Deian yn eitha reit,' ychwanegodd Rhodri'n gyflym gan synhwyro bod tymer Glyn yn codi. 'Doedd dim rhaid i ti fod wedi derbyn y sialens. Ond mi wnest ti brofi dy fod ti nid yn unig yn ddwl iawn, ond hefyd yn ddewr iawn.'

'Oes rhaid i ti Rhodri fod mor gall, gwed?'

gofynnodd Jac o dan y gobennydd. 'Ro'n i'n edrych mla'n at weld ffeit fan'na.'

''Sdim un ffeit yn mynd i ddigwydd rhwng Glyn a Deian heddi,' meddai Rhodri'n gadarn. 'Yr unig beth sy'n mynd i fod ar ein meddylie ni yw sut i dalu 'nôl i'r merched – wel, Megan yn enwedig – am eu tactegau dan-din nhw neithiwr.'

Neidiodd Glyn oddi ar y bync gan anelu tua'r sinc. Taflodd ddŵr oer dros ei wyneb a'i wallt er mwyn ceisio deffro, ond gwnaeth hynny iddo disian yn waeth fyth, ac felly dychwelodd i'w wely gan ei daflu'i hun unwaith i'n rhagor i mewn i'r sach gysgu a chladdu'i ben o dan ei obennydd.

Cododd y tri arall gan gymryd eu tro i ymolchi'u hwynebau ac o dan eu ceseiliau cyn gwisgo'n barod ar gyfer brecwast. Roedd hi bron yn hanner awr wedi saith, a gallent glywed Mr Llwyd yn cnocio ar ddrws yr ystafell drws nesa. Eisteddodd y tri wedyn ar wely Jac gan edrych i gyfeiriad Glyn.

'Hei bois, chi'n gw'bod beth?' holodd Jac, gan roi pwt sydyn i freichiau Deian a Rhodri. 'Dwi'n edrych mla'n at ga'l brecwast. Bacwn ac wy a selsig a ffa pob a thomatos a thost a . . .'

Neidiodd Glyn allan o'i wely'n gynt na mellten.

'Bacwn ac wy?' meddai, a'i drwyn yn rhedeg.

'Y cwbwl lot!' atebodd Jac. 'Fuodd 'y nghefnder i 'ma rhyw fis yn ôl.'

Gwisgodd Glyn yn gyflym gan daflu dillad y

diwrnod cynt amdano. Gwasgodd ochr ei wallt â'i law wrth edrych arno'i hun yn y drych. Roedd ei wallt wastad mor benderfynol o droi i bob cyfeiriad fel draenog pan fyddai'n cysgu, a'r un oedd y stori mewn gwely dieithr!

Daeth cnoc sydyn ar y drws.

'Bore da, fechgyn! Mr Llwyd sydd yma. Ga i ddod . . .'

Agorwyd y drws led y pen gan Glyn cyn i Mr Llwyd gael cyfle i orffen ei frawddeg. 'AAAAtishwwwww!' tisiodd Glyn drwy fwlch y drws agored. Agorodd llygaid Mr Llwyd led y pen mewn dychryn, a neidiodd am yn ôl wrth geisio osgoi'r lleithder o drwyn Glyn wrth i hwnnw dasgu tuag ato.

'Sori, Syr!' meddai Glyn gan sychu'i drwyn ar lawes ei siwmper denau.

'Hy!' atebodd Mr Llwyd yn flin. 'Rhaid i ti ddysgu rhoi dy law o flaen dy geg, Glyn Davies, neu bydd pawb yn dal dy hen jyrms di.'

'Iawn, Syr,' atebodd Glyn gan barhau i sychu'i drwyn â'i lawes a snwffian yn uchel yr un pryd. Gallai deimlo'i drwyn yn cochi wrth i'w groen losgi gyda'r holl disian.

'Bydd brecwast yn barod am wyth, fechgyn,' ychwanegodd Mr Llwyd, gan daflu'i lais i gyfeiriad y tri a safai y tu ôl i Glyn. 'A Glyn, byddwn i'n awgrymu dy fod ti'n cael gwydraid ychwanegol o

76

sudd oren y bore 'ma. Mae angen digon o fitamin C arnat ti i ymladd yr annwyd 'na. Sut ar wyneb y ddaear wnest ti lwyddo i ddal annwyd a hithau mor braf?'

Gyda hynny, trodd Mr Llwyd ar ei sawdl a cherdded i gyfeiriad ei ystafell ei hun gan chwibanu'n isel. Cerddodd y pedwar allan o'r ystafell gan anelu tua'r Plas a'r caban bwyta. Aethant allan drwy ddrws bloc y Berwyn gan deimlo awel gynnes y bore yn chwythu'n ysgafn ar eu hwynebau. Roedd yr haul wedi hen godi a doedd yr un cwmwl yn yr awyr. Wrth edrych i lawr tua'r lanfa gallent weld rhai o'r hyfforddwyr yn paratoi'r offer ar gyfer gweithgareddau'r dydd, gan osod y canŵs yn drefnus. Dawnsiai golau'r haul ar wyneb llonydd y llyn a chwythai arogl ffres y coed gwyrdd o'u hamgylch i'w ffroenau. Teimlai Glyn ei hun yn crynu unwaith eto wrth gofio oerni'r noson cynt.

'Man a man i ni fynd i sefyll tu fas i ddrws y caban bwyta,' awgrymodd Jac. 'Ni fydd y rhai cynta yn y ciw wedyn. 'Sneb arall wedi cyrraedd eto.'

Dilynodd y tri Jac i gyfeiriad y caban bwyta, ac wrth iddyn nhw gyrraedd y drws gwenodd un o staff y gegin arnyn nhw drwy'r ffenest, a throdd yr allwedd i agor y drws a'u croesawu i mewn yn gynnes.

'Rydach chi'n fuan, hogia!' meddai gan ddal i wenu'n braf arnyn nhw.

'Sori . . .' dechreuodd Rhodri, 'awn ni 'nôl i'n stafell os byddai'n well gennych chi?'

'Na, na, does dim angan i chi wneud hynny, siŵr!' atebodd y ddynes yn gyfeillgar. 'Mi fydda i'n aml yn gadael i'r criw cyntaf ddod mewn ychydig yn gynt, yn enwedig os ydyn nhw'n edrach fel petaen nhw jest â llwgu! Ew, mae 'na olwg wedi llwgu arnat ti, cyw! Rwyt ti'n wyn fel ysbryd!'

'Wedi dal annwyd ydw i,' atebodd Glyn.

'O, druan ohonat ti!' atebodd hithau. 'Ty'd, mi gei di lond dy fol o fwyd gen i rŵan i dy helpu di i wella, a llond gwydryn tal o sudd oren ffres.'

Dilynodd Glyn hi tua'r gegin gan wenu'n braf dros ei ysgwydd ar y tri a safai'n fud y tu ôl iddo. Arhosodd y ddynes yn sydyn cyn troi ar ei sawdl.

'A chitha hefyd!' meddai gan gyfeirio at Jac, Deian a Rhodri. Gwenodd y tri'n syth gan gerdded yn gyflym tua chyfeiriad y gegin wrth sodlau Glyn.

'Gwnewch eich hunain yn gyfforddus ar y fainc yn fa'ma, hogia, ac mi gewch chi *waitress service* gynnon ni! Neli ydw i, gyda llaw. Neli Cwc fydd pawb yn fy ngalw i. Er, mae 'na lot o blant yn fy ngalw i'n Neli Jeli – oherwydd 'mod i'n medru g'neud jeli penigamp! Dudwch wrtha i, fyddwch chi'n cael jeli tua'r sowth 'na pan fyddwch chi'n sâl, i neud i chi deimlo'n well?' gofynnodd Neli a'i llygaid yn dawnsio.

'Bob tro!' atebodd Jac, gan gofio'r tro diwethaf iddo gael jeli yn y gwely gan ei fam.

'Hoffet ti 'chydig o jeli efo dy frecwast bore 'ma, 'ngwas i?' gofynnodd Neli gan osod ei dwy law ar ysgwyddau Glyn. Nodiodd hwnnw'i ben yn gyflym a chwarddodd Neli'n braf. 'Wel aros di,' meddai, 'mi fydd rhaid i ti fwyta dy frecwast i gyd gynta, cofia, ac wedyn mi gei di dy bwdin. Ond dim gair wrth y lleill, cofia, neu mi fydd pawb yma ben bora'n smalio fod gynnon nhw annwyd er mwyn cael peth o jeli gora Neli Jeli!'

A chyda hynny, diflannodd Neli i'r gegin i baratoi brecwast i'r pedwar.

'Am lwc!' meddai Deian, gan eistedd yn gyfforddus braf ar y fainc a rhwbio'i ddwylo wrth aros yn eiddgar am ei frecwast.

'Ie, glei!' atebodd Jac, gan edrych o'i gwmpas a gwenu'n braf o weld mai dim ond y nhw oedd yn y caban. Roedd rhai wynebau wedi dechrau casglu y tu ôl i'r drws gwydr, ond roedd Neli wedi cloi pob mynedfa. Safai Carwyn yn stond wrth y drws caeëdig gan syllu ar y pedwar yn derbyn plât bob un, ac arno ddwy sleisen o facwn, dwy selsigen, dau wy, tomatos, madarch, dwy dafell o dost, a'r cyfan yn morio mewn llyn o ffa pob. Gwasgai Andrew, Lyn a Llion eu hwynebau yn erbyn y gwydr hefyd i weld yr olygfa, er mawr foddhad i'r pedwar ar y tu mewn wrth iddyn nhw godi llaw'n bryfoclyd arnyn nhw a rhwbio'u boliau wrth fwyta.

'Shwt maen nhw wastad yn llwyddo i gael y gorau o bopeth?' gofynnodd Llion, wrth droi i wynebu ei ffrindiau.

'Pwy a ŵyr!' atebodd Carwyn. 'Maen nhw wastad yn llwyddo i dwyllo pobl ddieithr mai angylion ydyn nhw.'

Tu mewn, roedd y pedwar yn cael eu trin fel pedwar brenin bach wrth i Neli arllwys cwpanaid o de yr un iddyn nhw, a chlirio unrhyw lestri brwnt oddi ar y bwrdd. Wedi iddo amsugno'r diferion olaf o'r saws ffa pob gyda'i dost, eisteddodd Glyn yn ôl gan bwyso yn erbyn y wal y tu cefn iddo a'i ddwy law y tu ôl i'w ben. Roedd e wedi mwynhau pob tamaid o'i frecwast, a nawr disgwyliai i Neli ddychwelyd gyda'i bwdin.

'Dd'weda i un peth wrthoch chi, bois, mae Neli'n gogyddes wych!' meddai Jac wrth stwffio'r darn olaf o facwn i'w geg.

'Ydy wir,' ychwanegodd Deian wrth roi diferyn o laeth yn ei de. 'Fydden i'n barod i fynd mor bell â dweud ei bod hi gystal cogyddes â dy fam di, Jac.'

Cododd Jac ei aeliau ac edrych i gyfeiriad Deian. 'Ti'n gw'bod beth, Deian,' dechreuodd, 'dwi'n credu dy fod ti'n iawn! Am eiliad, ro'n i'n mynd i anghytuno â ti, ond erbyn meddwl, rwyt ti yn llygad dy le!'

Dychwelodd Neli gyda phedair powlenaid o jeli coch, gan osod powlen yr un o dan drwynau'r bechgyn. Agorodd llygaid Jac led y pen.

'Ro'n i'n meddwl mai dim ond Glyn fyddai'n cael jeli achos ei fod e'n sâl,' meddai Jac yn ddryslyd.

'Ond fedrwn i ddim rhoi un i Glyn heb roi i'r gweddill ohonach chi, siŵr!' atebodd Neli gan chwerthin. 'Mi fydda hynny'n greulon tu hwnt!'

'Chi'n *awesome*, Neli,' meddai Jac mewn edmygedd. Yna cydiodd yn ei lwy a rhofio'r jeli oer i mewn i'w geg.

Gwenodd Neli ar y pedwar. 'Am gymeriada,' meddyliodd.

Wedi i Neli agor y drws i weddill plant y gwersyll, fe ddaeth pawb i mewn yn eu tro gan gasglu eu brecwast oddi ar y cownter cyn dychwelyd at y byrddau. O fewn ychydig funudau roedd y caban bwyta dan ei sang, a disgyblion o bedair ysgol wahanol yn llenwi'r byrddau.

'Hei bois,' dechreuodd Glyn, ''sdim sôn am Megan a'r gang. Dwi wedi bod yn cadw llygad mas amdanyn nhw, ond dy'n nhw ddim 'ma eto.'

'Falle'u bod nhw'n cynllwynio rhywbeth arall slei,' awgrymodd Deian.

Ar y gair, dyma ddrws pellaf y caban bwyta'n agor, a Huw Antur yn arwain Megan, Lowri, Bethan ac Eirlys i mewn. Roedd y bedair yn llefain y glaw.

'Ga i'ch sylw chi i gyd, os gwelwch yn dda?'

arthiodd llais Pennaeth y gwersyll. Cafwyd distaw-rwydd yn syth. 'Diolch. Mae'n ddrwg gen i dorri ar draws eich brecwast chi fel hyn, ond yn anffodus mae gen i newyddion diflas iawn i chi.'

Daliodd y bechgyn eu hanadl. A oedd y merched wedi cael eu dal am dwyllo yn ystod y gêm neithiwr? Aeth Mr Antur yn ei flaen. 'Yn anffodus, mae 'na leidr yn ein plith. Mae rhywun wedi dwyn eiddo personol y merched yma. Eiddo gwerthfawr. Dydyn ni ddim yn caniatáu i ladron weithredu yng Nglan-llyn – ddim ar unrhyw amod! Felly, ar ôl brecwast, mi fydda i yn fy stafell am hanner awr gyfan yn disgwyl i bwy bynnag wnaeth ddwyn eiddo'r merched i ddod i gyfaddef wrtha i. Os digwyddith hynny, mi fydd popeth yn iawn ac ni fydd raid i mi ffonio'ch rhieni na'ch danfon chi adref, dim ond i chi ddychwelyd eiddo'r merched iddyn nhw. Ond os *na* wnaiff y person sy'n gyfrifol ddod ataf i gyfaddef, a 'mod i'n eich dal chi'n nes ymlaen, dyna'n union fydd yn digwydd. Ydi hynny'n ddigon clir i bawb?'

Nodiodd rhai eu pennau a chafwyd ambell un yn mwmian 'Ydi' yn dawel.

'Dyna ni 'te. Bydda i yn fy stafell tan naw o'r gloch,' ychwanegodd, cyn troi a diflannu drwy'r drws.

Aeth Megan a'r criw i gasglu eu brecwast cyn eistedd ar y fainc a wynebai'r bechgyn. Gwgai Megan ar Glyn wrth sychu'r dagrau oddi ar ei bochau a oedd erbyn hyn wedi chwyddo'n goch.

Doedd bosib ei bod hi'n credu mai Glyn oedd yn gyfrifol am ddwyn eiddo'r merched? Brasgamodd ef draw at y bwrdd.

'Gwranda, Megan, dwi'n addo nad fi 'nath ddwyn dy eiddo di,' meddai'n ddiffuant. 'Er mor grac o'n i gyda ti neithiwr, fydden i byth yn dwyn. Onest.'

Edrychodd Megan i fyw ei lygaid a gwyddai ei fod yn dweud y gwir. Drygionus oedd Glyn, wedi'r cyfan. Doedd dim byd cas yn ei gylch. Chwarae rhyw jôc arni, neu adael iddi wneud ffŵl ohoni'i hun oedd ei steil e, nid dwyn, meddyliodd.

'Beth sydd wedi'i ddwyn beth bynnag?' gofynnodd Rhodri a oedd bellach wedi ymuno â Glyn gyda Jac a Deian y tu ôl iddo.

'Ma' rhywun wedi mynd ag *i-pod* Eirlys, *i-pod* a sychwr gwallt Bethan, fy ffôn symudol a 'nghamera i, a chamera ac *i-pod* Lowri,' atebodd Megan cyn dechrau crio unwaith eto.

'Whiw!' chwibanodd Deian drwy ei ddannedd. 'Ma' gwerth ffortiwn fan'na!'

'Y trwbwl yw,' ychwanegodd Rhodri, 'doedd neb i fod i ddod â ffonau symudol nac *i-pods* na dim byd gwerthfawr yma o gwbl.'

'Ni'n gallu gweld pam nawr!' atebodd Bethan yn swta. 'A beth amdanoch chi 'te?' gofynnodd hi wedyn. Edrychodd y bechgyn ar ei gilydd cyn cytuno eu bod hwythau hefyd wedi smyglo *i-pods* a ffonau symudol i'r gwersyll.

'Well i chi fynd i weld os ydyn nhw'n dal yn eich bagie chi 'te, achos pan wnaethon ni chwilio am ein rhai ni y bore 'ma, roedden nhw wedi mynd!' meddai Eirlys yn drist.

'Bore 'ma gawson nhw eu dwyn?' gofynnodd Rhodri'n gyflym.

'Wel, bore 'ma wnaethon ni sylwi. Wnaethon ni ddim chwilio amdanyn nhw neithiwr achos roedden ni wedi blino gormod. Ond pan ddeffres i'r bore 'ma a phenderfynu gwrando ar ychydig o gerddoriaeth ar fy *i-pod* cyn i'r lleill ddeffro, doedd e ddim yno. Wnes i banico a deffro'r lleill. Dyma nhw'n chwilio yn eu bagiau nhw a sylweddoli eu bod nhw wedi colli pethau hefyd,' atebodd Megan yn ddiflas.

'Ma' hynny'n golygu eu bod nhw wedi cael eu dwyn neithiwr neu brynhawn ddoe, felly,' awgrymodd Rhodri, 'cyn i chi fynd i'ch gwelyau.'

'Siŵr o fod,' nodiodd y lleill yn gytûn.

'Dwi'n mynd i weld os yw'r *PSP* yn dal yn fy mag i,' meddai Jac cyn gadael y caban bwyta ar frys.

Aeth Glyn a Deian allan, gyda Rhodri'n dilyn o bell. Roedd e wedi rhybuddio'r bechgyn mai peth twp oedd torri rheolau'r gwersyll. Pan gyrhaeddodd y stafell, roedd pawb wrthi'n chwilota'n wyllt trwy'u bagiau gan dynnu dillad ac esgidiau allan yn frysiog. Buan y sylweddolon nhw fod eu heiddo gwerthfawr nhw wedi mynd hefyd. Cododd Jac ei ben yn wyllt o'i fag. 'Dim ond Nadolig d'wetha ges i'r *PSP* 'na. Eith Mam yn wyllt gacwn!'

'Dewch i weld Mr Antur, glou!' gwaeddodd Glyn.

Rhuthrodd y pedwar allan o'r ystafell i gyfeiriad y Plas ac i swyddfa'r Pennaeth. Roedd Huw Antur yn eistedd mewn cadair esmwyth tu ôl i gyfrifiadur pan gerddodd y bechgyn drwy'r drws agored gan roi cnoc sydyn wrth fynd heibio.

'A! Fechgyn, croeso! Glyn wyt ti, yndê?' gofynnodd Huw Antur, fel petai wedi trefnu cyfarfod â'r pedwar ymlaen llaw. 'Ro'n i'n hanner disgwyl eich gweld chi. Mi awgrymodd Megan efallai fod gyda chi – a ti Glyn yn enwedig – fys yn y briwas yn rhywle. A dyma ti wedi dod i gyfaddef – a dychwelyd eiddo'r merched, wrth gwrs!'

'Naddo, Syr! Wir Syr, Mr Antur! Nid ni wnaeth! Allwn ni brofi hynny i chi, achos ma' rhywun wedi dwyn ein stwff ni hefyd!'

Rhuthrodd y geiriau allan o enau Glyn mor gyflym nes ei fod e allan o wynt bron! Ond roedd yr olwg ddifrifol ar wyneb Glyn yn ddigon i argyhoeddi'r Pennaeth ei fod yn dweud y gwir.

'Beth sydd wedi'i ddwyn, fechgyn?' gofynnodd gan godi o'i sedd ac estyn darn o bapur o ddrôr isaf ei ddesg.

'Ym, wel, dwi wedi colli , ffôn symudol ac *i-pod*, ma' Jac wedi colli *PSP* a Deian wedi colli chwaraeydd *MP3*,' eglurodd Glyn, gan deimlo'n dipyn o ffŵl wrth orfod cyfaddef eu bod wedi dod â chymaint o eiddo drud i'r gwersyll er gwaetha'r rhybuddion a gawsant i beidio.

'Hmm.' Cododd Huw Antur ar ei draed a cherdded tua'r ffenest gan edrych allan ar y llyn. 'Mac dirgelwch yr eiddo coll yn parhau yma yng Nglan-llyn, felly,' meddai'n bwyllog.

Gyda hyn, daeth sŵn olion traed degau o blant yn carlamu drwy'r coridor ac at ddrws agored ystafell y Pennaeth. Safai bachgen tal, gwritgoch wrth y drws yn curo'n frwdfrydig.

'Ie?' gofynnodd Huw Antur gan dynnu anadl hir.

'Ym, esgusodwch fi Syr, ond ma' eiddo sawl un ohonon ni wedi cael ei ddwyn hefyd,' meddai'r bachgen gwritgoch gan godi braich i annog y plant y tu ôl iddo i gamu mlaen i brofi ei stori.

'Ydy hwn yn dod o'r un ysgol â chi?' gofynnodd Huw Antur i'r pedwar a safai yn ei ymyl.

'Nac ydi,' atebodd Rhodri.

'Mae rhywun yn targedu mwy nag un ysgol, felly,' meddai Huw Antur. 'Hei, beth ydi dy enw di?'

'Wil, Syr,' atebodd y bachgen.

'Reit Wil, gwna ffafr â mi: dwed wrth bawb am gwrdd yn y Neuadd Ymgynnull ymhen chwarter awr. Mi wna i ganu'r gloch i'ch atgoffa chi,' ychwanegodd y Pennaeth gan ddychwelyd i eistedd wrth ei ddesg.

'Awn ni i helpu Wil i ledaenu'r neges,' meddai Rhodri, a nodiodd Huw Antur mewn cytundeb.

Aeth y pedwar allan o'r stafell, gan adael y Pennaeth yn syllu'n ddwys ar y darn papur o'i flaen.

10

Y drws o dan y gwely

Dychwelodd y pedwar i'w stafell er mwyn clirio ychydig ar yr annibendod roedden nhw wedi'i greu wrth dwrio drwy'u bagiau. Roedd dillad ac esgidiau a thywelion ymhob man – dros y llawr, ar gefn y cadeiriau a hyd yn oed yn y sinc! Doedd Rhodri heb wneud unrhyw annibendod, wrth gwrs, am nad oedd e wedi torri'r rheolau fel y lleill. Felly gorweddodd ar ei wely'n darllen cylchgrawn yn dawel. Jac oedd â'r annibendod mwyaf, a threuliodd gryn dipyn o amser yn chwilio am sanau a oedd wedi'u gwahanu er mwyn eu gosod yn barau unwaith eto. Gwellodd tymer Glyn pan ddaeth ar draws yr esgid oedd yn cynnwys fflachlamp roedd e wedi'i chuddio y tu mewn iddi.

'Ha!' meddai'n fuddugoliaethus. 'Wnaeth y lleidr ddim ffeindio fy fflachlamp i, beth bynnag. Wnes i ei chuddio hi'n rhy dda – reit yng ngwaelod fy esgid!'

Plygodd y bechgyn eu dillad a'u gosod yn y bocsys gyda'u bagiau a'u hesgidiau. Roedd y stafell bellach yn glir ac eisteddodd Glyn a Deian ar eu gwelyau i ddisgwyl y gloch i'w galw i'r Neuadd Ymgynnull. Parhaodd Jac i grwydro'r stafell gydag un hosan yn ei law, tra chwiliai am ei phartner y tu ôl i'r llenni, tu ôl i'r bin sbwriel ac o dan y mat ar ganol y llawr. Yna plygodd i chwilio amdani o dan y gwelyau, ond roedd hi fel bol buwch yn y fan honno.

'Glyn? Ga i fenthyg dy fflachlamp di am eiliad? Dwi'n siŵr fod yr hosan o dan un o'r gwelyau 'ma. Dyw hi ddim yn unman arall,' meddai Jac gan grafu'i ben mewn penbleth.

Estynnodd Glyn ei fflachlamp iddo a phlygodd Jac i edrych o dan ei wely ei hun. Na, doedd dim i'w weld yno. Llithrodd ar draws y llawr at wely bync Rhodri a Glyn yn y gornel, ac yno o dan wely Rhodri gallai weld ei hosan yng nghanol y llwch. Ceisiodd ymestyn ei fraich orau ag y gallai i'w chyrraedd, ond yn ofer.

'Hei bois, helpwch fi i lusgo'r gwely 'ma mas o'r ffordd wnewch chi? Mae fy hosan i oddi tano.' Tisiodd Jac wrth i'r llwch godi a mynd i fyny'i drwyn.

Llusgodd y pedwar y gwely bync i ganol y stafell gan adael digon o le i Jac fedru cerdded o'i amgylch i nôl ei hosan goll. Wrth ei chodi, ysgydwodd Jac y llwch oddi ar ei hosan. Ond cyn troi i ymuno â'r lleill, sylwodd ar rywbeth o dan y llwch a wnaeth iddo graffu'n fwy gofalus.

'Hei Glyn!' meddai Jac yn uchel. 'Ga i fenthyg dy fflachlamp di eto?'

'Eto?' gofynnodd Glyn yn ddiamynedd. 'Ond mae'r hosan gyda ti yn dy law 'achan!'

'Ydi, dwi'n gw'bod hynny,' atebodd Jac yn wawdlyd, 'ond ma' 'na rywbeth arall o dan y llwch 'ma. Mae'n anodd ei weld yn iawn. Tynnwch y gwely draw eto, bois!'

Llusgodd y tri y gwely draw ychydig droedfeddi ymhellach. Yna cydiodd Glyn yn ei fflachlamp a cherdded gyda Deian a Rhodri o amgylch y gwely i weld beth oedd wedi cynhyrfu Jac gymaint. Fflachiodd Glyn olau crwn ei fflachlamp i'r fan lle'r oedd bys Jac yn pwyntio.

'Mae'n edrych fel rhyw fath o ddrws,' meddai Deian yn dawel.

'Oes dolen o ryw fath yn rhywle i'w agor?' meddai Rhodri gan bwyso dros ysgwydd Deian i gael gwell golwg.

Chwythodd Jac y llwch yn ofalus gan ostwng ei geg o fewn centimetrau i'r llawr. Daeth ymylon y drws yn amlycach wrth i'r llinell denau droi'n drwchus a siâp ceuddrws yn dod yn fwy amlwg gyda phob chwythiad o enau Jac.

'Beth y'ch chi'n meddwl sydd o dan y drws 'na?' gofynnodd Glyn yn araf.

'Dim ond un ffordd sy i ffeindio mas,' atebodd Jac gan wasgu'i fysedd i ochrau'r ceuddrws a'i godi'n araf, gyda'r llwch unwaith eto'n codi a llenwi'i ffroenau. Agorodd y ceuddrws gan wichian yn dawel wrth i'r colfachau rhydlyd gael eu symud, efallai am y tro cyntaf ers blynyddoedd lawer.

Plygodd y pedwar eu pennau'n araf dros y twll petryal tywyll yn y llawr, a fflachiodd Glyn olau i lawr i'r dyfnderoedd oer.

'Wyt ti'n gallu gweld rhywbeth, Glyn?' gofynnodd Jac yn ofnus.

'Dim byd o werth,' atebodd yntau wrth blygu'i ben yn is i mewn drwy'r twll. 'Twnnel o ryw fath, falle. Ie. Twnnel. Mae'r llwybr i'w weld fel petai'n mynd yn syth i gyfeiriad y Plas. Dyw golau'r lamp ddim yn gryf iawn, felly dwi ddim yn medru gweld yn bell. Ond does dim byd i'w weld ar hyd y llwybr. Mae'n hollol wag,' atebodd Glyn, a oedd erbyn hyn â'i ben wyneb i waered yn y twll, tra bod Rhodri a Deian yn gafael yn ei goesau i'w arbed rhag disgyn i mewn yn bendramwnwgl.

'Tynnwch fi lan, bois!' gwaeddodd Glyn a'i lais yn adleisio drwy'r twnnel. Eisteddodd ar y llawr yn ymyl y bechgyn gan ysgwyd y llwch oddi ar ei ddillad.

'Dyw'r twnnel ddim yn ddwfn iawn. Dwi am neidio i lawr a mynd am dro bach i weld i ble mae'n arwain!' cyhoeddodd Glyn yn ddewr gan godi ar ei draed a gwthio llawes dde ei siwmper at ei benelin.

Gyda hynny, canodd cloch y gwersyll yn uchel gan atgoffa'r bechgyn am y cyfarfod yn y Neuadd Ymgynnull.

'Drat!' ebychodd Glyn yn uchel, 'rhaid i ni fynd i'r

cyfarfod 'na. Fe fyddan nhw'n siŵr o sylwi os na fyddwn ni yno.'

'Dewch! Well i ni gau'r ceuddrws a llusgo'r gwely'n ôl am nawr,' meddai Rhodri'n frysiog. 'Gei di gyfle i fynd lawr yn nes mlaen. Er, dwi ddim yn siŵr os yw hynny'n beth call! Beth os digwyddith rhywbeth i ti?'

'Wnaiff dim byd ddigwydd i fi, bois bach!' wfftiodd Glyn gan helpu i lusgo'r gwely yn ôl i'w le. Rhuthrodd y tri allan o'r stafell gan redeg o amgylch y Plas a'r Caban Bwyta tuag at y Neuadd Ymgynnull. Roedd criw mawr o blant wedi ymgasglu y tu allan, ac yn araf bach aethant i mewn drwy'r drysau dwbwl i ymuno â gweddill y gwersyllwyr. Ar y ffordd i mewn, rhoddwyd darn o bapur a phensil i bawb cyn mynd i eistedd. Safai Huw Antur yn y blaen, gyda nifer o hyfforddwyr y gwersyll yn pwyso yn erbyn y waliau ar bob ochr iddo. Sylwodd Glyn fod Colin yn eu plith, yn gwgu fel arfer. Roedd yr athrawon yno hefyd – Mr Llwyd a Miss Hwyl, ynghyd ag athrawon yr ysgolion eraill a oedd hefyd yn aros yn y gwersyll. Gwelodd Glyn y bachgen gwritgoch, Wil, yn eistedd yn y blaen yn edrych i fyny'n eiddgar ar Huw Antur. Roedd e'n amlwg yn poeni am ei eiddo, fel yr oedd pawb arall.

'Diolch i chi i gyd am ddod mor gyflym. Fydda i ddim yn hir. Dwi'n deall fod pawb i fod yn gwneud rhyw weithgaredd neu'i gilydd, felly dwi'n ymddiheuro am hynny. Fodd bynnag, fel y soniais i wrthych chi yn y Caban Bwyta amser brecwast, mae 'na leidr yn ein plith. Ddaeth neb i gyfaddef wrtha i y bore 'ma. Yn hytrach, daeth degau ohonach chi i ddeud wrtha i eich bod chitha wedi colli eiddo hefyd. Felly mae'r broblem yn un ddifrifol dros ben.' Pesychodd Huw Antur yn uchel i'w law er mwyn clirio'i wddf. 'Dwi am addo un peth i chi: mi wna i 'ngorau glas i ddal y lleidr a chael eich eiddo'n ôl i chi. Dwi'n siŵr fod y lleidr yn y stafell hon yn rhywle . . .'

Edrychodd Glyn draw at y criw o hyfforddwyr a safai ar yr ochr dde iddo. Roedd Colin yn syllu ar y llawr, a'i ddwylo aflonydd yn plethu ac yn dadblethu am yn ail eiliad. Synhwyrai Glyn fod golwg anesmwyth ac annifyr arno, fel petai o dan bwysau.

'Yr hyn dwi angen i chi neud nesaf,' aeth Huw Antur yn ei flaen, 'ydi nodi eich henw, rhif eich stafell, a rhestr o'r hyn sydd wedi'i ddwyn ar y darn papur a roddwyd i chi ar eich ffordd i mewn. Wedi i chi orffen, rhowch y papur yn y bocs sydd ar y bwrdd ger y drws cyn mynd i'ch gweithgaredd.'

Cododd y Pennaeth ei freichiau i annog y rhai a oedd eisoes wedi codi i eistedd.

'Cyn i chi fynd, plîs, eisteddwch am eiliad . . .' Arhosodd i griw o fechgyn eiddgar eistedd drachefn. 'Diolch. Mae'n bwysig i chi wybod y bydda i ac aelod arall o staff yn mynd o amgylch y coridorau a'r stafelloedd i chwilio am yr eiddo coll, ac am unrhyw dystiolaeth arall, tra byddwch chi'n gwneud eich gweithgareddau yn ystod y dydd. Oes rhywun yn gwrthwynebu?'

Distawrwydd. Dechreuodd y rhai nad oedden nhw wedi colli eiddo gerdded allan o'r neuadd gan adael gweddill y gwersyllwyr i ysgrifennu ar y darnau papur. Sgriblodd Glyn ei fanylion yn gyflym cyn gwthio'i ffordd tua'r drws, gyda Jac a Deian yn dynn wrth ei gwt. Safai Rhodri ger y wal y tu allan yn disgwyl amdanyn nhw. Cydiodd Glyn yn ei fraich wrth ruthro heibio iddo a thynnodd y bechgyn allan o glyw gweddill y plant.

'Hei, bois,' sibrydodd yn bwyllog, 'dwi'n credu 'mod i'n gw'bod pwy yw'r lleidr . . .'

11

Canŵio cyn cinio

Wrth i'r bechgyn gerdded i gyfeiriad y llyn, adroddodd Glyn hanes y noson cynt pan welodd Colin yn cerdded yn ôl tua'r Plas o gyfeiriad y llyn. Soniodd hefyd am y cwch rhwyfo a'r dyn a ddiflannodd yn sydyn oddi ar yr ynys fach. Cadwai ei lais yn isel wrth ddisgrifio'r hyn a welodd yn y Neuadd Ymgynnull yn ogystal. Roedd yn gwbl sicr fod gan Colin rywbeth i'w wneud â'r eiddo coll.

'Dewch mla'n, bois,' meddai gan geisio dwyn perswâd ar y tri arall. 'Chi'n cofio beth dd'wedodd Siôn – nad oedd e'n deall sut y cafodd Colin ei gyflogi yma yng Nglan-llyn yn y lle cynta, achos does dim clem 'da fe sut i wneud dim heblaw edrych yn gas a gwgu ar bawb. Chi'n cofio hynny?'

'Ydw, dwi'n cofio Siôn yn dweud . . .' atebodd Deian gan grafu'i ên, 'ond does 'da ti ddim prawf o gwbl, oes e? Meddylia nawr, falle mai mynd am sigarét slei oedd Colin neithiwr . . . a falle'i fod e'n edrych yn annifyr yn y neuadd yn gynharach achos ei fod e'n grac bod rhywun yn mynd o gwmpas yn dwyn eiddo pobl eraill. A ta beth, os taw fe yw'r lleidr, sut ar wyneb y ddaear fyddai Colin wedi llwyddo i fynd â'r eiddo i gyd draw i'r ynys fach 'na, fel rwyt ti'n ei galw hi, rhoi'r cyfan ar y cwch, yna dod 'nôl i'r lan fan hyn mor gyflym? Man a man iddo fe roi'r cyfan ar y cwch lawr yn y Lanfa fan hyn.'

Gadawodd Glyn i eiriau Deian suddo i'w ymennydd. Oedd, roedd e'n eitha reit. Doedd hi ddim yn bosib i Colin ddychwelyd i'r lan mor gyflym ag y gwnaeth e neithiwr. Ond roedd rhywbeth ynghylch yr hyfforddwr nad oedd Glyn yn rhy siŵr ohono. Roedd rhywbeth cyfrwys, slei am y dyn.

'Chi'n barod i ganŵio 'te, bois?' gofynnodd Rhodri, gan geisio tynnu sylw'r bechgyn oddi ar helyntion y bore.

'Ydw, glei!' atebodd Jac. Roedd Jac wrth ei fodd gyda gweithgareddau dŵr. Gallai nofio'n dda ac roedd e'n medru meistroli cychod hwylio a chanŵs heb unrhyw drafferth. Wrth iddyn nhw ymuno gyda'u grŵp a gwisgo'u siacedi achub, cerddodd Glyn o amgylch y cwt hwylio gan syllu unwaith eto draw tuag at y darn tir lle y diflannodd y cysgod y noson cynt. Yna, wrth gerdded draw tua'r lanfa at y canŵs, cafodd syniad. Roedd y grŵp bellach yn sefyll mewn clwstwr yn gwrando ar gyfarwyddiadau'r hyfforddwr. Gwthiodd heibio i Carwyn a Llion er mwyn mynd yn nes at Jac a Deian.

'Psst, Jac!' meddai'n dawel.

Trodd Jac i wynebu Glyn, a chamodd i'r dde i alluogi ei ffrind i sefyll yn ei ymyl.

'Be ti'n moyn?' gofynnodd Jac, yr un mor dawel.

'Wyt ti'n meddwl y gallet ti ganŵio draw at y tir 'co i fusnesu ychydig?' sibrydodd Glyn yn ei glust.

'Gallaf . . . siŵr o fod . . . os gwnaiff yr hyfforddwr 'ma droi ei gefn am ychydig. Wyt ti am ddod gyda fi?' atebodd Jac gan nodio'i ben.

'Fe wna i 'ngore. Paid â mynd yn rhy gyflym, dyna i gyd.'

Rhoddwyd canŵ yr un i bawb yn y grŵp, a chyda thipyn o ymdrech llwyddodd pawb i adael y lanfa gan rwyfo'n araf tua chanol y llyn.

'Peidiwch â mynd yn rhy bell oddi wrth eich gilydd i ddechrau,' gwaeddodd yr hyfforddwr canol oed. 'Fe gewch chi gyfle i wahanu a rasio'ch gilydd yn nes mlaen.'

Yn ystod yr hanner awr gyntaf buon nhw'n rhwyfo mewn grŵp i ganol y llyn gan ddatblygu eu techneg rhwyfo a'u sgiliau i newid cyfeiriad a chyflymder. Yn dilyn hynny, rhoddwyd cyfle i'r goreuon ymuno â'r hyfforddwr i ymarfer troi'r canŵs wyneb i waered gan wthio'u cyrff allan ohonyn nhw a nofio i'r wyneb, cyn troi'r canŵ yn ôl a dringo i mewn iddo unwaith yn rhagor.

'Ew, da iawn chdi!' canmolodd yr hyfforddwr Jac wrth iddo ddangos ei sgiliau a llwyddo i ddringo'n ôl i mewn i'r canŵ mewn amser byr iawn.

'Ga i'ch sylw chi i gyd, os gwelwch yn dda?' bloeddiodd Gari eto cyn gofyn i Jac arddangos ei ddawn i weddill y grŵp am yr eildro. Llwyddodd Jac i'w wneud yn gyflymach y tro hwn, a derbyniodd gymeradwyaeth gan bawb cyn iddyn nhw gymryd eu tro i geisio efelychu ei gamp. Llwyddodd Glyn i greu argraff ar yr hyfforddwr hefyd, a rhoddwyd caniatâd i Jac a Glyn rwyfo ar wahân i'r grŵp dim ond iddyn nhw aros o fewn golwg y lan.

'Peidiwch â mynd yn rhy bell rŵan, hogia,' atgoffodd Gari nhw. 'Arhoswch lle medra i'ch gweld chi. A pheidiwch â dymchwel y canŵs oni bai fod rhaid.'

Gwahanodd Jac a Glyn oddi wrth y grŵp gan anelu tua chanol y llyn. Gwyliodd Gari nhw'n mynd, cyn troi ei sylw at weddill y grŵp. Taflodd Jac gip sydyn dros ei ysgwydd, ac wrth weld bod yr hyfforddwr yn brysur trodd drwyn y canŵ tua'r ynys roedd Glyn mor benderfynol o fynd ati.

'Dere glou 'te os wyt ti am gael busnesu, cyn i Gari sylwi,' meddai Jac gan gyflymu tua'r tir. Dilynodd Glyn ef o hirbell, ond roedd Jac – ac yntau'n rhwyfo'n gryf – wedi adeiladu pellter sylweddol rhyngddyn nhw'n barod.

Erbyn i Glyn gyrraedd y tir, roedd Jac wedi arafu ac yn amgylchynu'r tir gan gadw rhyw 5 metr o'r lan. Ymunodd Glyn ag ef gan wneud ei orau glas i ymestyn ei wddf i gael gwell golwg ar y tir.

'Hei Jac, oes rhywle i ni lanio'r canŵs 'ma am

dıpyn i ni gael gwell golwg?' gofynnodd Glyn, a oedd bellach yn ei chael yn anodd i gadw'i gydbwysedd wrth ymestyn.

'Ddim heb i Gari sylwi,' atebodd Jac, 'ond os ddoi di i fy ochr i fan hyn, fe alla i ddal dy ganŵ di tra wyt ti'n neidio i'r dŵr a cherdded i'r lan.'

'Wneith hynny weithio?' gofynnodd Glyn yn betrusgar.

'Siŵr o fod, achos bydd 'y nghorff i'n edrych fel petai'n cuddio dy gorff di. Fydd Gari ddim tamaid callach os wyt ti yn y canŵ neu beidio, yn enwedig o'r pellter yna.'

Edrychodd Glyn draw i gyfeiriad y grŵp. Yn wir, roedden nhw'n bell iawn i ffwrdd. Gyda chefn Gari tuag atyn nhw, felly, tynnodd Glyn ei hun allan o'r canŵ ac i mewn i'r dŵr bas. Camodd yn frysiog tua'r lan gan gyrcydu'n isel a chropian dros y borfa nes bod ychydig o ordyfiant a brwyni yn ei guddio. Edrychodd o'i amgylch. Doedd e ddim yn gwybod beth i'w ddisgwyl, ond fe'i siomwyd pan welodd nad oedd dim byd anghyffredin am y tir o'i amgylch. Gallai weld fod y borfa'n gorwedd yn fflat mewn mannau gan brofi bod rhywun wedi troedio'r tir yn ddiweddar, ond wedyn fe wyddai hynny'n barod. Gyda'i lygaid ei hunan, roedd e wedi gweld y cysgod y noson cynt. Ond beth am y blancod roedd e wedi gweld y cysgod yn ei thaflu a'i thwtio ar y ddaear? Ni allai weld gorchudd o unrhyw fath, nac unrhyw beth oedd yn werth ei orchuddio beth bynnag. Cododd yn araf ar ei draed gan wylio symudiadau Gari. Roedd hwnnw'n parhau i hoelio'i sylw ar y grŵp. Cymerodd Glyn ychydig eiliadau i edrych o'i gwmpas a sylwodd, am y tro cyntaf, nad ynys oedd y darn hwn o'r tir wedi'r cwbl. Gallai weld y tir yn ymestyn draw ymhell, gan ymuno â'r caeau a'r mynyddoedd o'u cwmpas. Petai'n cerdded yn ddigon pell, gallai gyrraedd y cae lle cafodd reid ar gefn y ddafad y bore cynt!

'Felly dyna sut ddiflannodd y cysgod mor gyflym neithiwr!' meddai Glyn wrtho'i hun yn dawel. Roedd yr ateb i'r cwestiwn yna wedi bod yn ei bigo drwy'r bore. Gyda hynny clywodd Jac yn gweiddi arno i fynd 'nôl. Dychwelodd i'r canŵ gan ddringo i mewn iddo mewn da bryd i glywed Gari'n chwythu'i chwiban ac yn eu galw nhw yn eu holau i ymuno â'r grŵp er mwyn chwarae gêmau.

'Welaist ti unrhyw beth?' gofynnodd Jac iddo wrth iddyn nhw rwyfo'n araf at y lleill.

'Digon,' atebodd Glyn yn ddigalon, 'ond dim byd o werth.'

12

Y cwrs rhaffau

Erbyn i'r bechgyn gyrraedd y Caban Bwyta amser cinio, roedd y stafell yn hanner llawn. Am unwaith, bu'n rhaid iddyn nhw aros eu tro a chiwio y tu allan i'r drws gan ddisgwyl i Miss Hwyl, a oedd ar ddyletswydd, eu gadael i mewn. Roedd y bechgyn yn hoffi Miss Hwyl. Roedd ei henw, wedi'r cyfan, yn awgrymu ei bod hi'n berffaith. Roedd hi'n gwrtais, yn garedig, ac yn llawn . . . hwyl. Er hynny, roedd hi'n gallu bod yn llym iawn mewn gwersi weithiau. Roedd gan bawb barch mawr tuag ati, a hynny am y rheswm syml ei bod hi'n deall y ffordd roedd meddyliau plant yn gweithio. Roedd hi'n barod i gael sbort gyda'i disgyblion, ond roedd hynny ar yr amod fod pawb yn parhau i ddangos parch tuag ati hi a'u cyd-ddisgyblion.

'Wel, fechgyn,' meddai yn ei llais tyner, 'a shwt y'ch chi'n mwynhau eich hunain mor belled?'

'Grêt, Miss!' atebodd Glyn yn hyderus. 'Oni bai am y gêm bowlio deg, wrth gwrs, a'r ffaith fod rhywun wedi dwyn fy ffôn symudol a fy *i-pod* i!'

Gwenodd Miss Hwyl ei gwên gyfeillgar. 'Wel, mae'n flin 'da fi am y gêm bowlio deg. Roedd peth bai arna i fan'na am 'mod i wedi chwarae mor dda!'

Cododd Glyn ei ben i edrych arni, a gwenodd wên gyfeillgar yn ôl.

'Ond yn anffodus,' aeth Miss Hwyl yn ei blaen, 'does gen i ddim syniad beth sy wedi digwydd i dy *i-pod* na dy ffôn symudol di. Ydych chi wedi colli rhywbeth hefyd?' holodd, gan gyfeirio'i chwestiwn at Jac, Deian a Rhodri.

'Do, Miss,' atebodd Jac yn dawel. '*PSP* a phum gêm.'

'Ac mae rhywun wedi dwyn fy *MP3* i, Miss,' ychwanegodd Deian.

'Beth amdanat ti, Rhodri?' gofynnodd Miss Hwyl.

'Chafodd dim ei ddwyn oddi arna i, Miss, achos wnes i ddim dod â dim byd gwerthfawr,' atebodd Rhodri gan edrych yn bowld ar ei ffrindiau.

'Wel, da iawn ti Rhodri,' meddai Miss Hwyl yn awdurdodol. 'Wnaethon ni eich rhybuddio chi ddigon i beidio â dod â dim byd gwerthfawr gyda chi, a dyma'ch cosb chi am dorri'r rheolau. Petaech chi i gyd wedi dilyn esiampl Rhodri, fyddai dim byd wedi'i ddwyn yn y lle cynta.'

Gwenodd Rhodri'n llawn balchder wrth i Miss Hwyl roi caniatâd iddyn nhw fynd at y cownter bwyd. Roedd e'n mwynhau cael ei ganmol gan athrawon, yn enwedig Miss Hwyl. Gallai weld sut roedd yn talu'r ffordd weithiau i fod yn gall a synhwyrol ar adegau fel hyn.

'Ti'n gymaint o angel weithiau!' meddai Glyn gan edrych yn hurt ar ei ffrind.

'Paid â bod yn genfigennus nawr, Glyn,' atebodd Rhodri'n llawen. 'Dim ond achos dy fod di isie sylw gan Miss Hwyl, dyw e ddim yn golygu dy fod di'n gallu pigo arna i achos 'mod i'n cael sylw.'

'A sôn am gael sylw,' torrodd Jac ar ei draws, 'edrychwch pwy sy tu ôl i'r cownter!'

Cododd y tri eu llygaid i gyfeiriad y cownter gan weld Neli'n sefyll yno â phlât yn ei llaw. Roedd hi'n edrych yn syth i gyfeiriad Glyn.

'Glyn, 'y ngwas i!' meddai Neli'n uchel wrth weld Glyn yn closio tuag ati. 'A sut mae'r hen annwyd 'na erbyn hyn?'

'Dwi lot gwell, diolch yn fowr i chi Neli!' atebodd Glyn gan wenu'n ôl yn falch ar Rhodri. 'Diolch o galon i chi am edrych ar fy ôl i'r bore 'ma. Wnaeth y brecwast 'na fyd o les i fi. Ac am y jeli, wel! Roedd e'n wych!'

Sylwodd y tri fod Glyn yn mynd dros ben llestri fel arfer, ac yn gwneud hynny er mwyn ceisio cael Neli i roi llond plât o ginio iddo. Ac yn wir, fe lwyddodd. Cafodd ddau bysgodyn a dau sgŵp o sglodion, a llanwyd gweddill y plât â phys slwtsh. Prin y gallai Glyn gario'i blât gan ei fod e mor llawn! Gwenodd Neli ar y bechgyn eraill gan roi pryd go lew o fwyd iddyn nhw hefyd, ond ddim gymaint â Glyn.

'O, ydi Glynsi-wynsi bach yn teimlo'n well nawr?' gofynnodd Deian yn goeglyd mewn llais babïaidd, gan eistedd wrth ymyl Glyn ar y fainc.

'Alla i ddim help fod pawb sy'n cwrdd â fi'n cw'mpo mewn cariad 'da fi!' broliodd Glyn gan godi'i sgwyddau.

'O ie?' gofynnodd Jac, cyn symud ymlaen i wylltio'i ffrind. 'A phwy fydd yn cw'mpo mewn cariad 'da ti'n y disgo heno 'te?'

'Neb!' atebodd Glyn yn gyflym. 'Dwi ddim yn mynd i ddawnsio gyda *neb* heno. A gweud y gwir, dwi ddim am fynd i'r disgo stiwpid.'

'Ond ma'n rhaid i bawb fynd!' meddai Deian.

'A dweud y gwir wrthoch chi, bois, dwi'n eitha edrych ml'an,' meddai Rhodri, a oedd yn hoff iawn o gerddoriaeth ac yn gitarydd da iawn ei hun.

'O!' ebychodd Glyn. 'Fyddi di'n siŵr o fod yn dawnsio 'da Bethan drwy'r nos.'

'Whit-a-whiw!' chwarddodd Jac a Deian gyda'i gilydd.

'O, gadewch hi nawr, bois!' meddai Rhodri, wrth i Glyn ymuno â'r ddau arall yn y chwerthin. 'Dim ond ffrindie 'yn ni. Chi'n gw'bod hynny'n iawn!'

'Gwed ti, Rhods bach, gwed ti!' ebychodd Glyn unwaith yn rhagor.

Gorffennodd y pedwar eu bwyd ac allan â nhw i'r awyr iach i eistedd ar y meinciau gan ddisgwyl i'r weithgaredd nesaf gychwyn. Disgrifiodd Glyn yr hyn a welodd y bore hwnnw, ac eglurodd nad ynys oedd y darn tir wedi'r cwbl, ond rhyw fath o benrhyn oedd yn ymestyn i'r caeau y tu ôl iddyn nhw.

'Felly welaist ti 'run blanced ar y ddaear?' gofynnodd Rhodri gan ysgwyd ei ben mewn penbleth.

'Na, dim un. Doedd dim byd anghyffredin i'w weld o gwbl, dwi'n dweud wrthoch chi. Oni bai 'mod i wedi gweld y cysgod 'na neithiwr gyda fy llygaid fy hun, fydden i ddim yn credu'r peth.'

'Beth sy 'da ni nesa?' gofynnodd Jac wrth feddwl am weithgaredd nesa'r dydd.

'Y cwrs rhaffau,' atebodd Rhodri. 'Mae'n dechrau mewn tua phum munud. Man a man i ni gerdded draw yn barod. Dwi'n credu ei fod e ar bwys y Brif Fynedfa.'

Dechreuodd y bechgyn gerdded yn hamddenol heibio i'r Plas a'r Neuadd Ymgynnull. Heibio i'r Pwll Nofio, y Neuadd Chwaraeon a'r Neuadd Bowlio Deg, ac i fyny tua'r tŵr uchel a'r cwrs rhaffau'n arwain i ffwrdd oddi wrtho.

'Whiw, ma' hwnna'n uchel!' chwibanodd Jac yn dawel. Doedd arno dim ofn gweithgareddau ar y ddaear, neu ar ddŵr, ond roedd uchder yn codi ofn arno.

'Dyw hwnna'n ddim byd, 'achan!' broliodd Glyn mewn diléit o weld Jac yn crynu yn ei sgidiau

''Sdim ofn arnat ti, oes e, Jac?' gofynnodd Deian

mewn anghrediniaeth. Jac ocdd un o'r bobl ddewraf roedd Deian wedi'i adnabod erioed, a synnodd ei weld yn dechrau chwysu wrth edrych i fyny ar y rhaffau.

'Na! 'Sdim ofn arna i!' atebodd Jac yn gelwyddog.

'Gewn ni weld am hynny!' meddai Glyn.

Trodd y bechgyn wrth glywed sŵn traed y tu ôl iddyn nhw. Yno roedd Siôn yn cerdded tuag atyn nhw, gyda chriw o blant yn cario offer yn ei ddilyn.

'Draw fan hyn, blant!' meddai Siôn gan bwyntio. Roedd angen i'r offer gael ei osod mewn pentwr taclus.

'Reit, ma' angan harnais diogelwch yr un arna chi, a helmed wrth gwrs. Rŵan, sbiwch arna i er mwyn i chi gael gweld sut i wisgo'r harnais.'

Dangosodd Siôn i aelodau'r grŵp sut y dylid gwisgo harnais, ac ar ôl ychydig funudau o grafu pen a dadlau ymysg ei gilydd, llwyddodd pawb i'w gwisgo'n gywir. Roedd yr helmedau'n haws, wrth gwrs, gan fod pawb wedi eu gwisgo'r bore hwnnw ar gyfer canŵio. Cerddodd Siôn o amgylch holl aelodau'r grŵp gan wneud yn siŵr fod pawb yn ddiogel ac yn gwisgo'r offer yn gywir. Yna, aethon nhw i mewn i'r tŵr gan ddringo'r grisiau i'r brig. Cydiodd Jac yn dynn yn y gledren â'i law wrth iddo gamu i fyny'r grisiau serth, gan ddechrau teimlo'n benysgafn wrth gyrraedd y ris uchaf.

'Ydy pawb yn teimlo'n iawn?' gofynnodd Siôn unwaith roedd pawb yn sefyll ar y platfform yn ei ymyl. Nodiodd y rhan fwyaf ohonyn nhw eu pennau. Roedd y tawelwch yn arwydd i Siôn barhau â'r weithgaredd. Yn eu tro, cysylltwyd harnais pawb â'r weiren uwch eu pennau fel na fyddai modd i neb ddisgyn. Teimlai Jac ganwaith gwell unwaith roedd ei harnais ynghlwm wrth y weiren ddiogelwch, a chyn pen dim roedd yn dilyn y lleill ar hyd y rhaffau trwchus. Roedd angen tipyn o sgìl i fedru cydbwyso'n effeithiol wrth deithio ar hyd y rhaffau; er eu bod yn rhaffau trwchus, roedden nhw'n gul iawn o dan draed. Carwyn oedd yn arwain y grŵp, gyda'r lleill yn cadw'u pellter y tu ôl iddo wrth iddyn nhw fynd o amgylch mewn siâp sgwâr gan lanio'n ôl ar y platfform gyda'r gweddill.

'Cymerwch yr amser yma i ymarfar eich techneg ar sut i gadw'ch cydbwysedd,' meddai Siôn wrth i'r olaf gyrraedd 'nôl yn ddiogel. 'Nes mlaen, pan fyddwch wedi ymarfar digon, bydd modd i chi rasio, ac mi wna inna eich amseru chi.'

Yn ystod yr hanner awr ganlynol bu'r bechgyn i gyd yn ymarfer yn galed er mwyn gwella'u techneg. Roedd cystadleuaeth a'r cyfle i rasio'n apelio'n fawr atyn nhw. Erbyn hyn, roedd Jac wedi llwyddo i gael gwared ar ei ofnau, a llwyddai i gario'i hun o amgylch y sgwâr yn gymharol gyflym. Llwyddai

Glyn a Deian i redeg, bron, o amgylch y cwrs, a daeth yn amlwg mai rhyngddyn nhw y byddai'r gystadleuaeth agosaf, siŵr o fod.

'Faint o amser sydd i fynd tan i ti'n hamseru ni, Siôn?' gofynnodd Deian wedi iddo gwblhau'r cwrs o leiaf ddeg o weithiau.

'Unwaith o amgylch eto, ac yna mi wna i eich amseru chi,' atebodd Siôn gan edrych ar ei oriawr.

Wrth iddyn nhw gychwyn ar eu hymarfer olaf, teimlai Jac yn benysgafn eto. Siglodd ei ben i geisio cael gwared ar y dotiau mân oedd wedi ymddangos o flaen ei lygaid. Ei dro ef oedd hi i gamu ar y rhaff . . . Llwyddodd i fynd o leiaf hanner ffordd tuag at y postyn cyntaf, ond yn sydyn dyma'i droed yn llithro oddi ar y rhaff. Disgynnodd yn sydyn – dim ond ychydig fodfeddi – cyn i'r rhaff ddiogelwch ei achub a'i ddal yn hongian yn yr awyr.

'Paid â phoeni, Jac!' gwaeddodd Siôn. 'Mae hyn yn digwydd yn aml. Y cyfan sydd angan i ti neud ydi ceisio codi dy hun i fyny ar y rhaffa. Wyt ti'n meddwl y medri di neud hynny?'

'Mi dria i!' atebodd Jac yn ddihyder.

Wedi tipyn o ochneidio a thuchan, sylweddolodd Siôn nad oedd Jac yn mynd i allu codi'i hun yn ôl ar y rhaff. Doedd dim amdani, felly, ond rhoi help llaw iddo. Glyn oedd y nesaf yn y rhes.

'Glyn! Cadwa'r rhaff yn gadarn rhag iddi siglo o

dan draed Jac wrth iddo godi'i hun. Dallt?' meddai Siôn yn glir.

'Deall yn iawn!' atebodd Glyn a oedd o fewn tri cham i gyrraedd Jac ac yn dal y rhaff yn gadarn yn ei lle.

'Dere mla'n 'te, Jac, tynna dy hunan lan,' gorchmynnodd Glyn. Rhywsut, llwyddodd Jac i godi'i hun ar y rhaffau, a gwneud ei ffordd tua'r polyn yn y gornel.

'Grêt, Jac! Rŵan, aros fan'cw am bum munud i ti gael dy wynt atat. Glyn, dos i aros efo fo,' gwaeddodd Siôn draw o'r platfform.

Aeth Glyn i sefyll yn ymyl Jac, ac am eiliad ni ddywedodd yr un ohonyn nhw air. Trodd Glyn i wynebu'r coed gerllaw gan deimlo'r haul yn gynnes ar ei wyneb unwaith eto.

Yn sydyn, tynnodd rhywbeth ei sylw i lawr tua'r llyn. Ceisiodd gadw'i gydbwysedd ar y rhaffau. Wrth graffu'n fanylach, sylwodd mai adlewyrchiad yr haul ar sgrin wynt cwch modur oedd y fflach a welodd. Roedd rhywun ar y cwch. Sylweddolodd Glyn ar unwaith pwy oedd y rhywun hwnnw – Colin. Roedd y cwch wedi arafu ger y penrhyn roedd ef ei hunan wedi bod arno'r bore hwnnw. Erbyn hyn, roedd Colin yn sefyll ar ei draed yn y cwch ac yn edrych dros y tir fel petai'n chwilio am rywbeth. Ymhen ychydig, rhoddodd y gorau iddi cyn cychwyn ar y daith i ben pella'r llyn i gasglu'r merched a oedd wedi bod ar y daith gerdded y prynhawn hwnnw.

'Beth sy mla'n 'da fe, 'te?' gofynnodd Glyn iddo'i hun.

'Beth?' gofynnodd Jac.

'O, dim! Siarad â fi'n hunan o'n i! Ti'n barod i fynd?' meddai Glyn gan gydio yn ysgwydd ei ffrind.

'Ydw. Ond ddim yn rhy gyflym, cofia!' atebodd Jac.

Cerddodd y ddau'n araf yn ôl tua'r platfform i gymeradwyaeth frwd y bechgyn eraill.

'Iawn. Amser rasio, felly,' meddai Siôn. 'Pwy sydd am fynd gynta?' gofynnodd wrth dynnu'r oriawr oddi ar ei arddwrn a gwasgu'r botymau bach i osod y stopwats.

'Reit, ti,' pwyntiodd at Llion, 'dos di'n gyntaf, wedyn ti, wedyn ti ac yn y blaen ac yn y blaen,' meddai wrth i'r bechgyn igam ogamu'n un rhes hir ar hyd cledren y platfform.

'Barod? Dos!' bloeddiodd Siôn wrth i Llion gamu'n weddol hyderus ar hyd y rhaff.

'Munud a hanner. Reit dda, reit dda!' meddai Siôn wrth edrych ar ei oriawr, 'ond dwi wedi gweld pobl yn mynd o gwmpas yn gynt na hynna!'

Daliodd Llion ei ochrau. Roedd e allan o wynt yn llwyr. Carwyn oedd nesaf.

'Barod? Dos!' bloeddiodd Siôn yr eildro, a rhuthrodd Carwyn ar hyd y rhaffau'n gyflymach na Llion. O fewn hanner munud roedd wedi cyrraedd hanner ffordd. Ond wrth ruthro cymaint, collodd ei draed eu gafael ar y rhaffau ac i lawr ag ef, yn union fel y gwnaeth Jac. Llwyddodd i godi, fodd bynnag, ond erbyn iddo orffen roedd ei amser yn agos at ddwy funud. Aeth y lleill i gyd yn eu tro, ond heb guro amser Llion. Roedd hi'n amlwg fod y goreuon yn disgyn dan bwysau'r cloc!

Dim ond Jac a Glyn oedd ar ôl, ond penderfynodd Jac nad oedd am fynd rhag ofn iddo ddisgyn yr eildro, felly camodd Glyn ymlaen i ymyl y rhaff.

Gyda hynny, bloeddiodd Siôn arno i gychwyn. Llwyddodd Glyn i gyrraedd y gornel gyntaf yn ddiogel. Grêt. Aeth ymlaen ar hyd yr ail raff, gan deimlo'i hyder yn codi gyda phob cam a gymerai. Roedd e heibio hanner ffordd. Yna, cyflymodd ei gamau, a chyda'r diwedd mewn golwg rhuthrodd nes bod ei ddwylo'n cael trafferth i ddal i fyny gyda'i draed. Neidiodd i'r platfform i gymeradwyaeth frwdfrydig gweddill y criw.

'59 eiliad!' bloeddiodd Siôn mewn anghrediniaeth. 'Mae'n rhaid fod hynny'n record!'

Camodd Glyn heibio i'r bechgyn gan deimlo dwylo'n curo'i gefn. Oedd, roedd yn deimlad braf i ennill weithiau.

13

Swper sydyn a syniad

Treuliodd y bechgyn weddill y prynhawn yn yfed diod oren a bwyta bisgedi siocled i de, ac yna'n dilyn ei gilydd o gwmpas y gwersyll wrth wneud gweithgareddau pellach. Gosodwyd tasgau iddyn nhw, bob yn ddau a dau, i chwilio am atebion i gliwiau. Llwyddodd Glyn a Jac i osgoi ateb y rhan fwyaf ohonyn nhw wrth ddilyn Deian a Rhodri a chael yr atebion ganddyn nhw.

'Ydych chi wedi ateb unrhyw un o'r cwestiynau 'ych hunain?' gofynnodd Rhodri'n flin wrth i Glyn ddwyn ateb arall oddi arno.

''Sdim pwynt i ni i gyd wastraffu'n brêns, oes e?' poerodd Glyn, a oedd wedi cael hen ddigon ar ddilyn ei gynffon i bob cornel o'r gwersyll.

'Pryd fydd y merched 'nôl, tybed?' holodd eto.

'Dim syniad. Maen nhw'n gwneud y gweithgareddau wnaethon ni ddoe, felly maen nhw'n siŵr o fod yn cael eu te lan ar y mynydd ac yn dod i lawr erbyn swper yn nes mlaen,' atebodd Rhodri.

Roedd Glyn wedi deall bod y gweithgareddau'n dilyn yr un patrwm bob dydd, gan sylweddoli hefyd bod y merched eisoes wedi gwneud y weithgaredd hon, ac y bydden nhw'n siŵr o wybod yr atebion i'r holl gliwiau. Trueni nad oedden nhw yno i roi'r atebion iddo, meddyliodd.

Toc, roedd hi'n amser swper. Safodd y pedwar ar flaen y ciw unwaith eto y tu allan i'r caban bwyta. Mr Llwyd oedd ar ddyletswydd wrth y drws y tro hwn.

'A! Fechgyn!' meddai wrth agor y drws a dal ei fraich allan yn syth i'w rhwystro rhag mynd heibio iddo. 'Cyn i chi fynd i gael eich swper, ga i eich atgoffa chi y bydd disgwyl i *bawb* fod yn y disgo heno. Bechgyn, merched, staff . . . PAWB! Ydych chi'n deall?' ychwanegodd gan edrych yn syth i gyfeiriad Glyn.

'Ydyn, Syr,' atebodd y pedwar cyn cerdded heibio iddo gan anelu at y cownter yn *syth fel pren mesur* rhag ofn i Mr Llwyd eu galw'n ôl a'u danfon i gefn y ciw.

Yn anffodus doedd Neli ddim ar ddyletswydd y noson honno, felly bu'n rhaid i'r bechgyn wneud y tro â phryd arferol o fwyd fel pawb arall. Prin oedd y siarad o gwmpas y bwrdd. Roedd holl weithgareddau'r ganolfan wedi eu blino'n lân. A chyda'r disgo'n dechrau ymhen awr, doedd dim llawer ar ôl gan y bechgyn i edrych ymlaen ato.

'Adre bore fory 'te, bois!' meddai Rhodri gan geisio codi hwyliau'r bechgyn. Ond roedd Jac yn dal i chwarae gyda'i sglodion a Glyn yn syllu'n ddwfn i'w gwpan sudd oren gwag.

'Trueni na fyddai rhywbeth bach mwy diddorol gyda ni i'w wneud yn lle mynd i'r disgo 'ma!' meddai Deian yn ddiflas.

Cododd Glyn ei ben yn sydyn. Ni allai gredu nad oedd wedi meddwl am hyn ynghynt.

'Hei, bois,' meddai gyda'i wên arferol yn dychwelyd i'w wyneb. 'Dyw Jac heb gael ei her e eto!'

'O nadi!' meddai Deian a'i wg yntau hefyd yn troi'n wên.

'Ha ha! Gewn ni sbort nawr!' meddai Glyn gan rwbio'i ddwylo'n frwd.

Gostyngodd Jac ei ben. Roedd e wedi gobeithio y byddai Glyn wedi anghofio am yr her. 'Digon teg,' meddai, 'beth wyt ti am i fi wneud?'

'Fe dd'weda i wrthot ti'n nes mla'n,' atebodd Glyn wrth gynllwyno'i gam nesaf. Fel fflach, cafodd syniad.

'Y cyfan sydd angen i ti neud am nawr yw gwisgo dy ddillad gorau i'r disgo 'ma heno . . .'

14

Dianc o'r disco

Hanner awr yn ddiweddarach roedd pedwar bachgen trwsiadus iawn yn camu ar hyd coridor bloc y Berwyn. Edrychai un yn fwy trwsiadus na'r lleill. Gwisgai ddillad lliwgar ac roedd ei goler wedi'i throi i fyny a'i esgidiau'n sgleinio fel darnau arian newydd. O dan waelodion ei drowsus gellid gweld sanau pinc llachar a fenthycwyd gan un o'r merched. Roedd ei wallt gwlyb, llawn jèl, wedi'i gribo'n fflat i un ochr, a gwisgai sbectol haul, er ei bod hi'n dechrau tywyllu y tu allan.

Jac, wrth gwrs, oedd hwnnw.

'Bois, dwi'n teimlo'n reial ffŵl!' meddai Jac gan geisio troi'n ôl i newid am y degfed tro ers gadael y stafell.

Ond llwyddodd y bechyn i'w rwystro, a cherddodd y pedwar allan trwy ddrws y bloc a heibio'r Plas.

'Dere mla'n nawr, Jac,' meddai Deian gan ddechrau colli amynedd. 'Her yw her. A dim ond *cychwyn* dy her di yw gwisgo'r dillad 'ma.'

Wrth iddyn nhw gerdded tua'r Neuadd Ymgynnull, trodd nifer o bobl eu pennau i edrych ar Jac gan sibrwd yng nghlustiau'i gilydd a chwerthin yn dawel. Diolchodd Jac fod ganddo sbectol haul, oherwydd teimlai ei fod yn medru cuddio y tu ôl iddi. Mewn gwirionedd, roedd ei lygaid yn neidio i bob cyfeiriad i weld pwy oedd yn gwneud sbort am ei ben. O'r diwedd dyma gyrraedd y Neuadd Ymgynnull, oedd erbyn hyn yn crynu i guriad uchel y gerddoriaeth. Roedden nhw gyda'r cyntaf i gyrraedd, er mawr sioc i Mr Llwyd, felly aethant i eistedd ger y brif fynedfa er mwyn i bawb fedru eu gweld wrth gyrraedd – un arall o amodau Glyn ar gyfer yr her.

O fewn ugain munud roedd y neuadd dan ei sang

'Nawr, nawr Jac, dwyt ti ddim eisiau colli'r her wyt ti?' mentrodd Glyn ddweud yn awdurdodol wrth ei ffrind a oedd bron â gwylltio'n gacwn wrth dderbyn ambell sylw oddi wrth Megan a'i chriw.

Tawelodd tymer Jac ymhen dim wrth i fwrlwm y dawnsio fynd â'i sylw. Roedd nifer o blant yr ysgolion eraill yn dawnsio, ac roedd hynny'n ddigon o ysgogiad i Eirlys, Megan a Lowri fynd i ddawnsio hefyd. Crwydrodd llygaid Glyn o amgylch y neuadd a synnu o weld nad oedd Bethan gyda nhw. Roedd hi'n eistedd ar ei phen ei hun gyda diod coch yn ei llaw. Rhoddodd bwt i fraich Rhodri.

'Hei, Rhods, ma' dy wejen di'n unig,' gwaeddodd dros sŵn y gerddoriaeth.

'Beth?' gwaeddodd Rhodri'n ôl, gan droi ei glust i gyfeiriad Glyn.

'Dweud o'n i bod Bethan ar ei phen ei hun draw

fan'na. Falle dylet ti fynd i gadw cwmni iddi,' meddai Glyn drachefn.

Edrychodd Rhodri draw i gyfeiriad Bethan cyn codi o'i sedd a cherdded draw'n hamddenol i eistedd wrth ei hymyl.

'Be ma' Rhods yn neud?' gwaeddodd Jac ar ei ddau ffrind.

'Cadw cwmni i Bethan,' atebodd Glyn gan rowlio'i lygaid.

'Ma'r disgo ma'n bôring,' meddai Deian gan syllu i mewn i'w gwpan gwag.

'Wel, ma pethe ar fin mynd yn fwy diddorol,' meddai Glyn gan wenu. 'Jac, dyma ran nesaf dy her di. Mae'n rhaid i ti fynd i ganol y neuadd a dawnsio mor frwdfrydig ag y gelli di. Chwifia dy freichie, sigla dy glunie a chicia dy goese!' Erbyn hyn roedd Deian yn chwerthin bron at ddagrau yn ymyl Glyn.

'O, Glyn,' sibrydodd Jac yn ddigalon. 'Dwi'n gneud digon o ffŵl o'n hunan yn barod, heb wneud sioe ohono i fy hun o fla'n pawb hefyd!'

'Dere 'mla'n! Rhaid i ti dynnu sylw oddi ar Deian a finne am sbelen,' meddai Glyn.

'Pam?' holodd Jac.

'Wel,' aeth Glyn yn ei flaen gan ostwng ei lais ychydig. 'Tra wyt ti wrthi'n dawnsio, mae Deian a fi'n mynd i ddianc 'nôl i'r stafell i gael golwg y tu ôl i'r drws 'na sy o dan wely Rhodri. Fe ddylen ni fod wedi gorffen mewn rhyw hanner awr . . .'

117

'Hanner awr!' bloeddiodd Jac.

'Diolch, boi!' meddai Glyn cyn codi a cherdded draw at y drws yn araf, a Deian wrth ei sodlau.

Trodd Jac yn gyndyn tua chanol y neuadd. Gan siglo'i ben am ychydig cyn tynnu anadl hir, dechreuodd ddawnsio fel petai'n derbyn sioc drydanol! Roedd ei goesau'n symud tua chan milltir yr awr a'i freichiau'n chwifio i bob cyfeiriad. Dechreuodd y rhai oedd yn dawnsio'n barod gamu'n ôl oddi wrtho gan greu cylch o'i amgylch. Roedd nifer ohonyn nhw'n chwerthin yn braf tra bod y lleill yn curo'u dwylo'n frwd. Am olygfa wych! Daeth hyd yn oed ambell athro chwilfrydig i weld beth oedd achos y twrw ar ganol llawr y Neuadd. Gyda hynny, gwelodd Glyn a Deian eu cyfle ac o fewn dwy eiliad roedden nhw wedi mynd heibio i Mr Llwyd ac yn rhedeg nerth eu traed i lawr y llwybr heibio'r Plas.

'Syniad gwych, Glyn!' meddai Deian gan frwydro am ei wynt wrth iddo agor y drws i'r ystafell.

'Gawn ni ychydig o lonydd nawr i archwilio'r twnnel 'ma,' meddai Glyn gan gydio yn un ochr o'r gwely tra cydiai Deian yn y llall. Gan mai dim ond dau ohonyn nhw oedd wrthi'r tro hwn, roedd y gwely'n anoddach ei lusgo i ganol y stafell. Ond dyma lwyddo o'r diwedd. Estynnodd Glyn ei fflachlamp o dan ei obennydd ac aeth o amgylch y gwely ac at y drws pren yn y llawr. Rhoddodd ei fflachlamp dan ei gesail wrth geisio codi un ochr o'r drws â'i ddwy law a'i agor led y pen.

'Wyt ti am ddod lawr gyda fi?' gofynnodd Glyn i Deian a oedd yn sefyll yno'n syllu i mewn i'r twll.

Crychodd Deian ei drwyn. 'Dyw hi ddim yn edrych yn neis iawn lawr 'na,' atebodd gan blygu'n is i gael gwell golwg.

'Aros di yma, felly, ac os na fydda i 'nôl o fewn pum munud, dere i chwilio amdana i!' meddai Glyn gan chwerthin.

Neidiodd i lawr i'r twll a dechrau cerdded yn araf i mewn i'r tywyllwch oer.

*   *   *

Roedd Jac wrth ei fodd. Safai cynulleidfa o'i gwmpas yn curo dwylo a chwibanu wrth iddo barhau i ddawnsio fel petai wedi bwyta gormod o losin lliwgar. Diferai'r chwys oddi ar ei dalcen a theimlai ychydig yn benysgafn erbyn i'r bumed cân ddechrau! Roedd y DJ yn amlwg wedi sylwi arno'n dawnsio, ac felly roedd pob cân a chwaraeai'n mynd yn gyflymach bob tro. Edrychodd Jac yn slei ar ei oriawr. Roedd ugain munud wedi mynd bellach ers i Glyn a Deian ei adael. Deng munud i fynd, felly. Doedd dim amdani ond dal ati i ddawnsio. 28 munud. Ond doedd dim golwg o'r un ohonyn nhw o hyd!

119

'O wel,' meddai wrtho'i hun. 'Eu bai nhw fydd e os na fyddan nhw'n ôl mewn pryd.'

Dechreuodd arafu ychydig wrth ddawnsio mewn cylch er mwyn cael golwg iawn o gwmpas y neuadd i gyd. Roedd y staff yn dal i'w wylio ac roedd golwg ofidus iawn ar wyneb Mr Llwyd. Gallai Jac weld fod Rhodri'n dal i eistedd gyda Bethan. Edrychodd Jac ar ei oriawr unwaith eto. 31 munud o ddawnsio. Dyna ni. Roedd ei her ar ben. Stopiodd ddawnsio'n sydyn, a cherdded yn araf yn ôl i'w sedd yng nghornel y neuadd. Clywodd ambell ochenaid o siom wrth iddo adael y llawr. Eisteddodd Jac gan feddwl beth allai fod wedi digwydd i Glyn a Deian. Pam oedden nhw mor hir yn dod yn eu holau? Edrychodd dros ei ysgwydd i gyfeiriad y drws. Na, dim sôn. Crwydrodd ei lygaid o gwmpas y stafell gan chwilio am Mr Llwyd. A oedd hwnnw wedi sylwi bod Glyn a Deian wedi dianc, ac wedi mynd i chwilio amdanyn nhw, tybed? Nac oedd, drwy lwc! Gallai weld y prifathro'n sgwrsio gyda Miss Hwyl ym mhen pella'r ystafell. Crwydrodd ei lygaid unwaith eto gan ddod i stop y tro hwn gyda Colin. Roedd e'n sefyll wrth y drws tân yn siarad ar ei ffôn symudol. Craffodd Jac arno. Edrychai Colin fel petai'n ffraeo gyda rhywun, yn ôl yr olwg gas oedd ar ei wyneb. Roedd Jac yn cytuno â Glyn fod yna rywbeth od iawn am y dyn. Yna, gorffennodd Colin siarad ar y ffôn a dechrau edrych yn slei o gwmpas y stafell. Dechreuodd wthio'r drws tân yn araf gan gamu wysg ei gefn drwyddo.

Heb feddwl, cododd Jac o'i sedd a chamu heibio'r holl ddawnswyr tuag at y drws tân. Roedd hi wedi dechrau tywyllu erbyn hynny. Er hynny, gallai Jac weld cefn Colin yn y pellter wrth iddo gerdded drwy'r maes parcio tua'r cae lle'r oedd Glyn wedi reidio'r ddafad ar ôl cyrraedd y gwersyll.

'Beth yw dy gêm di, Mr Colin?' meddai Jac wrtho'i hun. Doedd dim amdani ond dilyn yr hyfforddwr o bell. Cododd Jac ei sbectol haul oddi ar ei drwyn a'i gosod yn uchel ar ei dalcen. Tynnodd ei siaced liwgar a'i hongian ar foncyff coeden gyfagos. Tynnodd waelodion ei drowsus i lawr i orchuddio'i sanau pinc. Byddai llai o obaith gan Colin ei weld yn awr pe bai'n digwydd edrych dros ei ysgwydd. Yna, arafodd Colin gan orwedd yn fflat ar y llawr a thynnu rhywbeth tebyg i sbienddrych o boced ei siaced gan edrych allan i ben draw'r penrhyn, sef y man lle gwelodd Glyn y cysgod!

Gorweddodd Jac yn fflat ar ei stumog hefyd, gan wylio pob symudiad. Ond yn anffodus, wrth ganolbwyntio ar ddilyn yr hyfforddwr, doedd e heb ystyried y posibilrwydd y gallai rhywun fod yn ei ddilyn yntau. Yn sydyn clywodd olion traed yn crensian y brigau ar lawr y tu ôl iddo

15

Y twnnel

Edrychodd Deian ar ei wats. Roedd deng munud wedi llusgo heibio ers i Glyn ddianc drwy'r drws yn y llawr. Dechreuodd gerdded yn ôl a blaen ar hyd y stafell gan gnoi'i ewinedd. Pum munud – dyna ddywedodd Glyn. Ai jôcan oedd e? Roedd Deian bron â drysu'n lân.

Chwarter awr. Byddai'n rhaid iddo wneud rhywbeth nawr, meddyliodd. Ond beth? Allai e ddim mynd i ddweud wrth Mr Llwyd nac unrhyw oedolyn arall, neu byddai Glyn mewn helynt mawr. Ar y llaw arall, os oedd Glyn mewn helynt yn barod, byddai derbyn help gan oedolyn o fantais iddo. Daeth Deian i benderfyniad. Byddai'n rhaid iddo fynd i chwilio am Glyn ar ei ben ei hun.

Tynnodd gynfas oddi ar fatras y gwely a'i throi'n raff gref. Clymodd un ochr wrth waelod y gwely gan adael i'r ochr arall hongian i lawr drwy'r twll. Gan dynnu anadl ddofn, neidiodd i lawr gan lanio'n ysgafn ar ei ddwy droed. Drwy lwc, doedd y twnnel ddim mor ddwfn ag yr edrychai o'r stafell. Heb fflachlamp, camodd ymlaen yn araf gan gyffwrdd ei law chwith yn erbyn y wal. Daliodd i gerdded yn araf am ychydig gan wrando'n astud am unrhyw sŵn a ddeuai o ben draw'r twnnel. Synhwyrodd ei fod yn cerdded i gyfeiriad y Plas a gallai deimlo'i hun yn cerdded braidd yn gam, fel petai'r llwybr yn gwyro i'r chwith yn araf bach. Yn sydyn, bu bron iddo faglu wrth i'w droed lithro'n annisgwyl wrth i'r tir ddisgyn oddi tano. Daliodd ei hun yn erbyn y wal cyn teimlo'r llawr o'i amgylch â'i droed dde. Gallai deimlo grisiau'n mynd i lawr yn gymharol serth. Roedd pobman yn dywyllach na du. Ystyriodd weiddi enw Glyn ond penderfynodd yn erbyn hynny. Os oedd e o dan y Plas yn rhywle, siawns y byddai rhywun yn ei glywed ac yn dychryn, a gwaeth na hynny yn dechrau codi'r llawr i chwilio amdano! Beth petai Glyn wedi disgyn a brifo'i hun yn rhywle? Beth petai e eisoes wedi cerdded heibio iddo yn y tywyllwch, neu ei fod mewn poen ar waelod y grisiau? Ceisiodd wthio'r syniadau o'i ben.

'Wedi mynd ar goll ma' fe'n siŵr!' meddai Deian wrtho'i hun wrth iddo gamu'n araf i lawr y grisiau. O'r diwedd cyrhaeddodd y gwaelod. Roedd y twnnel yn oer iawn erbyn hyn, a gallai deimlo tamprwydd y waliau â blaenau'i fysedd. Disgynnodd diferion dŵr ar ei war a'i ddychryn. Rhedodd y diferion i lawr ei gefn a dechreuodd grynu yn yr oerfel.

Roedd e'n dechrau difaru cychwyn ar y daith hon. Doedd dim sôn o Glyn yn unman. 'Fe gerdda i am ddwy funud arall a wedyn bydd raid i mi fynd i nôl help,' meddai wrtho'i hun yn benderfynol.

Cerddodd yn ei flaen gan deimlo'r ddaear oddi tano'n disgyn yn is ac yn is. Sylweddolodd yn sydyn pam fod tamprwydd ar y waliau a diferion dŵr yn disgyn oddi ar y to. Oedd! Roedd e'n cerdded yn union o dan y llyn! Doedd dim dewis ganddo. Byddai'n rhaid iddo droi'n ôl. Fedrai e ddim mentro ymhellach.

Cyffyrddodd ochr y twnnel â'i law dde y tro hwn, gan ddilyn yr un llwybr yn ôl tua'i stafell. Cyrhaeddodd waelod y grisiau a dechrau eu dringo'n ofalus yn y tywyllwch. Ar ôl cyrraedd y top teimlodd y llwybr yn gwyro i'r dde fel y gwnaeth o'r blaen, a dilynodd y wal o gwmpas yn araf. Yna digwyddodd rywbeth a wnaeth i'w galon godi a suddo ar yr un pryd. Yn sydyn, gwelodd olau'n ymddangos ar yr ochr chwith iddo. 'Fflachlamp,' meddai wrtho'i hun. Craffodd unwaith eto i gyfeiriad y golau a oedd erbyn hyn yn llosgi'i lygaid. Drwy'r cysgodion, synhwyrodd iddo weld rhywbeth nad oedd wedi sylwi arno cyn y funud honno. Llwybr arall. Oedd, roedd llwybr arall yn fforchio oddi ar y llwybr y bu e'n cerdded ar ei hyd o gyfeiriad y Plas. Ond er gwaethaf y rhyfeddod o weld y llwybr newydd hwnnw, cafodd ei lenwi â braw wrth sylweddoli nad un fflachlamp oedd yn goleuo'r twnnel, ond dwy! 'O na!' ochneidiodd

Deian yn ddwfn, 'mae'n rhaid bod Glyn mewn trwbwl!' Heb oedi mwy, rhuthrodd yn ôl i gyfeiriad y stafell mor gyflym ag y medrai er mwyn gosod ei hun allan o lwybr y fflachlampau.

Gyda hynny, clywodd Dcian lais. Llais dwfn yn siarad yn grac. Yna clywodd ail lais. Roedd hwnnw'n ddwfn hefyd. Doedd dim posib mai llais Glyn oedd e. Clywodd y ddau ddyn yn cyrraedd top y grisiau ac yn dechrau disgyn i lawr yn araf. Symudodd Deian yn agosach atynt i geisio clywed yr hyn roedden nhw'n ei ddweud. Roedd yn ddigon agos erbyn hyn i fedru gweld cefnau'r ddau ar waelod y grisiau.

'Beth wnest di ag e?' gofynnodd un ohonyn nhw.

Chwarddodd yr ail ddyn. Rywsut, roedd ei chwerthiniad yn swnio'n gyfarwydd, meddyliodd Deian.

''Sna'm angan i ti boeni amdano fo, mi fydd o'n ddigon pell o dan draed erbyn i ni ddianc o'r twll lle 'ma,' meddai'r ail lais gan ddal i chwerthin. 'Gobeithio'i fod o'n medru nofio'n dda, dyna i gyd ddeuda i!'

Fel fflach, sylweddolodd Deian llais pwy oedd e. Llais Siôn! Ond swniai'n wahanol i lawr yn y twnnel, serch hynny. Nid llais y Siôn cyfeillgar, cyfarwydd oedd i'w glywed bellach, ond yn hytrach llais Siôn y dihiryn twyllodrus.

'Mi ddoist ti â'r cwch modur mawr efo ti heno

125

gobeithio, yn do? Nid y cwch pitw bach 'na?' gofynnodd Siôn i'w bartner.

'Do, mi ddylai'r cyfan ffitio'n iawn heno. Mae'n ddrwg gen i am neithiwr, ond do'n i ddim yn disgwyl y byddai cymaint o bethau gwerthfawr gan y taclau bach.'

Gadawodd Deian i eiriau Siôn suddo i'w ymennydd yn araf bach. Roedd Glyn mewn perygl, felly. *'Gobeithio'i fod yn medru nofio'n dda'* – beth oedd hynny i fod i'w olygu? Oedden nhw'n mynd i'w daflu i'r llyn oddi ar y cwch, tybed? Fedrai Deian ddim mentro aros i glywed rhagor. Trodd ar ei sawdl a cherdded mor gyflym ag y gallai drwy'r tywyllwch i gyfeiriad Ystafell 104. Drwy lwc, roedd y cynfas gwely'n dal i hongian i lawr i'r twll. Cydiodd ynddo a thynnu'i hun yn araf i'r ystafell. Gadawodd i'w lygaid ymgyfarwyddo â'r golau cyn mynd at y sinc a thaflu dŵr oer dros ei wyneb. Syllodd ar ei adlewyrchiad yn y drych wrth geisio penderfynu beth i'w wneud nesaf. A ddylai fynd at Mr Llwyd a chyfaddef y cyfan? A ddylai fynd at Huw Antur yn gyntaf a dweud wrtho am dwyll aelod o'i staff? Neu a ddylai fynd i chwilio am Jac a Rhodri, a sôn wrthyn nhw am yr hyn a glywodd yn y twnnel? Sychodd Deian ei wyneb yn ei grys-t a chamu'n benderfynol at y drws. Tynnodd anadl hir cyn cydio yn y ddolen. Gweddïodd ei fod yn gwneud y peth cywir.

16

Gofid Glyn

Rhuthrodd Deian i mewn i'r disgo a'i lygaid yn rhythu i bob cyfeiriad wrth chwilio am Jac a Rhodri. Doedd Jac ddim yn dawnsio, a doedd Rhodri ddim yn eistedd gyda Bethan chwaith. Rhuthrodd o amgylch y neuadd yn wyllt cyn sylweddoli nad oedd yr un o'r ddau yno. Aeth yn syth at Bethan gan ei thynnu i un ochr o glyw'r merched eraill.

'Ble ma' Rhodri?' gofynnodd yn siarp.

'Dwi ddim yn siŵr iawn,' atebodd Bethan gan grychu'i thalcen. 'Aeth e mas ar ôl Jac drwy'r drws tân acw. Ro'dd e'n meddwl falle bod hwnnw'n sâl neu rywbeth ar ôl yr holl ddawnsio 'na.'

Gadawodd Deian hi'n sefyll ar ei phen ei hun yn ceisio dyfalu beth oedd yn mynd ymlaen a'r rheswm dros ymddygiad rhyfedd Deian. Cyrhaeddodd Deian y drws tân a chamu drwyddo'n frysiog. Edrychodd o'i gwmpas. Doedd dim golwg o neb. Aeth i gyfeiriad y maes parcio gan chwilio'n frysiog o'i gwmpas am ei ddau ffrind. Yna gwelodd siaced liwgar yn hongian oddi ar gangen coeden ger y cae. Rhedodd ati ar unwaith. Ie, siaced Jac oedd hi. Edrychodd o'i gwmpas eto.

'Jac! Rhodri!' gwaeddodd a'i lais yn adleisio

drwy'r cwm. Safodd yn llonydd am rai eiliadau i ddisgwyl clywed eu hymateb. Dim.

'Ble allen nhw fod, tybed?'

*　　*　　*

Edrychodd Jac y tu ôl iddo i weld pwy oedd perchennog y traed oedd yn crensian y brigau a'r dail. Ebychodd yn ddiolchgar pan welodd wyneb Rhodri yn edrych arno'n gam.

'Beth ar wyneb y ddaear wyt ti'n neud?' gofynnodd Rhodri mewn llais isel. Synhwyrodd wrth yr olwg ar wyneb Jac fod rhywbeth o'i le. Gwnaeth Jac arwydd arno i orwedd yn ei ymyl.

'Edrycha draw fan'na,' meddai Jac gan bwyntio i gyfeiriad Colin. 'Wyt ti'n ei nabod e?'

Craffodd Rhodri yng ngolau'r lleuad i weld y ffigwr yn gorwedd yn y glaswellt rhyw ugain metr oddi wrthyn nhw. 'Colin?' meddai'n araf.

'Ie,' atebodd Jac. 'Mae rhywbeth ar y gweill, dwi'n dweud wrthot ti. O'dd Glyn yn iawn. Ma' sbienddrych gydag e 'fyd, a ma' fe'n edrych draw i gyfeiriad y llyn am ryw reswm.'

Yn sydyn, clywodd y ddau lais Deian yn gweiddi'u henwau o gyfeiriad y maes parcio. Edrychodd y ddau'n syth i gyfeiriad Colin i weld a oedd yntau hefyd wedi clywed y waedd.

Oedd.

Cododd Colin ei ben yn frysiog gan edrych o'i gwmpas yn daer. Suddodd Jac a Rhodri eu cyrff mor isel i'r ddaear ag y medrent rhag iddo eu gweld. Yna, cododd Colin ar ei draed a chamu ymhellach draw ar hyd y penrhyn.

'Dwi am fynd 'nôl at Deian,' sibrydodd Rhodri, 'cyn iddo ddifetha pethe fan hyn. Mae Colin yn amlwg yn gwneud rhywbeth amheus, a hoffwn i w'bod beth.'

Gadawodd ei ffrind a chamu'n ôl dros y brigau a'r glaswellt i gyfeiriad y gwersyll. Arhosodd Jac yn ei unfan gan ddiawlio Deian am dynnu sylw Colin.

'Psst! Deian!' meddai Rhodri'n uchel wedi tipyn o stryffaglu drwy'r danadl poethion i gyrraedd y llwybr ger y gwersyll lle'r oedd Deian yn cerdded yn freuddwydiol tuag ato.

Trodd hwnnw'i ben i gyfeiriad y llais a gwelodd fymryn o wyneb golau Rhodri ym mhen pella'r cae. Gollyngodd y siaced y bu'n ei harchwilio a rhuthrodd nerth ei draed i gyfeiriad Rhodri.

'Rhods boi,' meddai a'i wynt yn ei ddwrn. 'Ma' Glyn mewn trwbwl. Aeth e lawr y twnnel . . . ac ar ôl chwarter awr . . . ddaeth e ddim 'nôl . . . a wedyn . . . es i lawr . . . a fues i'n cerdded yn y tywyllwch . . . a welais i ddau ddyn yn cerdded . . . a Siôn oedd un ohonyn nhw , , , a mae fe wedi herwgipio Glyn a . . . a . . .'

'Wow, wow, wow!' meddai Rhodri'n bwyllog. 'Ddeallais i 'run gair wedest di! Arafa 'achan!'

'Ble ma' Jac?' gofynnodd Deian yn sydyn.

'Draw'n fan'co,' atebodd Rhodri gan bwyntio tua'r penrhyn.

'Dere,' meddai Deian yn frysiog, 'awn ni draw ato fe ac fe dd'weda i'r cyfan wrth y ddau ohonoch chi ar yr un pryd.'

'Bydd rhaid i ti ddweud y stori'n dawel, cofia, achos ma' Colin draw fan'na hefyd yn gwneud rhyw ddrygioni . . .' rhybuddiodd Rhodri.

'Colin?' meddai Deian yn siarp. 'Beth sydd gydag e i'w wneud â hyn i gyd sgwn i?'

Fedrai Rhodri a Jac wneud dim ond rhythu'n gegagored ar Deian wrth iddo adrodd hanes yr helynt yn y twnnel. Synnodd y ddau o glywed mai Siôn oedd yn gyfrifol am ddwyn eiddo'r gwersyllwyr, a'i fod yn barod i beryglu bywyd Glyn er mwyn cadw'r gyfrinach.

'Rwyt ti'n dweud felly bod y twnnel yn mynd heibio i'r Plas, gan wyro i'r chwith, cyn mynd i lawr grisiau ac yn parhau i fynd yn ddyfnach? Os felly, mae'n rhaid ei fod e'n arwain o dan y llyn,' meddai Jac yn feddylgar.

'Ac ma'r dŵr sy'n diferu o'r to ac i lawr ochrau'r twnnel yn profi hynny hefyd,' ychwanegodd Rhodri.

Nodiodd Deian ei ben. 'Ond i ble o dan y llyn

mae'r twnnel yn arwain?' holodd. Fel fflach, daeth y cyfan yn glir iddo. 'Y penrhyn!' meddai, a'i lais yn cynhyrfu.

'Beth?' gofynnodd Jac a Rhodri gyda'i gilydd.

'Y penrhyn!' ailadroddodd Deian. 'Mae'r twnnel yn arwain at y penrhyn! Nid yn unig mae e'n cuddio'r eiddo i lawr yn y twnnel o dan y Plas, ond dyna sut mae e'n llwyddo i gael gwared ar yr *i-pods* a phopeth i gyd heb i neb ei weld. Mae'n amlwg bod y twnnel yn arwain at y penrhyn, ac felly mae'n rhaid mai i lawr y twnnel y dihangodd y cysgod mor sydyn neithiwr. Chi'n cofio Glyn yn dweud?'

Cofiodd Jac a Rhodri stori Glyn y bore hwnnw a'r rhan pan ddywedodd fod y cysgod wedi dianc o fewn ychydig eiliadau. Sylweddolodd y tri mai cysgod Siôn oedd hwnnw ac mai ei bartner oedd, siŵr o fod, yn rhwyfo'r cwch.

'Beth yw rhan Colin yn hyn i gyd 'te?' gofynnodd Jac yn feddylgar. 'Fe welodd Glyn e neithiwr yn dod i'r Plas o gyfeiriad y llyn hefyd, a dyma fe heno'n gorwedd ar y penrhyn gyda sbienddrych. Ai disgwyl Siôn a'i bartner y mae e? Ai fe sy'n gyrru'r cwch modur?' Gadawodd Jac i'w gwestiynau lifo heb ddisgwyl atebion. Roedd y cyfan yn ddirgelwch mawr i'r tri ohonyn nhw.

'Y peth pwysica i ni ar y foment yw achub Glyn,' meddai Deian gan gofio geiriau Siôn yn y twnnel.

'Os nad yw e'n y cwch yn barod, mae e'n siŵr o fod ar waelod y twnnel yn barod i ddod lan y siafft i'r penrhyn.'

Cytunodd Jac a Rhodri. 'Dewch i ni gael mynd yn agosach at drwyn y penrhyn,' awgrymodd Deian gan arwain y ffordd.

Taflai'r lleuad lawn ychydig o olau ar y llwybr o'u blaenau a cheisiodd y bechgyn osgoi camu ar unrhyw frigau rhag denu sylw rhywun allai fod yn cuddio yn y glaswellt gerllaw. Doedden nhw heb weld Colin ers iddo symud yn gynharach, ac roedd y ffaith na wydden nhw ble'r oedd e yn eu gofidio.

17

Ar wib ar draws y llyn

Eisteddai Glyn yn y tywyllwch oer, ei ddwylo a'i goesau wedi'u clymu'n dynn â rhaff. Ni allai weld dim yn nhywyllwch y twnnel. Methai gredu iddo fod mor ffôl. Tarodd y llawr yn grac â'i droed dde. Bai Megan oedd hyn i gyd eto. Petai e ddim mor benderfynol o ddial arni hi a'i chriw, fyddai e ddim yn y twll roedd e ynddo nawr, meddyliodd wrtho'i hun. Roedd yn sicr y byddai'r llwybr yr aeth ar ei hyd yn arwain at geuddrws yn y Plas, ac y byddai wedyn yn gallu dod o hyd i ystafell Megan yno a gwlychu ei sach gysgu'n wlyb diferu yn y sinc. Ond, wrth gerdded drwy'r tywyllwch i gyfeiriad y Plas, fe glywodd leisiau, ac adnabu un ohonyn nhw – Siôn! O ystyried mor gyfeillgar yr oedd Siôn, penderfynodd Glyn gerdded tuag ato.

'Haia Siôn!' meddai gan fflachio'i lamp i'w wyneb. Yna, anelodd flaen ei fflachlamp at wyneb yr ail berson a safai yn ymyl Siôn, ond roedd hwnnw'n ddieithr iddo.

'Glyn!' atebodd Siôn mewn syndod. 'Be wyt ti'n neud lawr fan'ma?' Ceisiai swnio'n ddidaro, ond roedd Glyn wedi sylwi ar y tinc o nerfusrwydd yn ei lais.

Gallai Glyn weld ei fod yn ceisio cuddio rhywbeth y tu ôl iddo, felly fflachiodd ei olau i lawr at ddwylo Siôn.

'Nawr, nawr, Glyn! Paid â busnesu!' meddai Siôn eto, ei lais ychydig yn fwy miniog y tro hwn.

Dechreuodd Glyn deimlo'n annifyr. Roedd yn gwbl amlwg ei fod wedi tarfu ar ryw weithgarwch amheus. Pwy oedd y dyn gyda Siôn, tybed, a beth oedd yn y bocs a basiwyd iddo'n slei funud ynghynt?

Ceisiodd Glyn esgusodi'i hun gan ddweud y byddai'n well iddo fynd 'nôl i'w stafell gan y byddai ei ffrindiau'n aros amdano. Trodd ar ei sawdl. Ond gyda hynny, clywodd olion traed yn ei ddilyn yn gyflym, a theimlodd law yn cydio'n ei war. 'Dwyt ti ddim yn mynd i weld dy ffrindiau heno, 'ngwas i!' sibrydodd Siôn yn ei glust. Cipiodd y fflachlamp o ddwylo Glyn. Ceisiodd yntau sgrechian am help ond roedd llaw Siôn yn dynn dros ei geg. Clywodd ef yn dweud wrth ei bartner am fynd i nôl rhaff. Diflannodd y dyn am funud cyn dychwelyd a helpu Siôn i glymu breichiau a choesau Glyn. Cafodd ei lusgo wedyn ar hyd y twnnel ac i lawr y grisiau, a'i daflu yn erbyn y wal lle y pwysai nawr. Ciciodd Glyn y llawr drachefn. Pam na allai fod wedi aros yn y cysgodion pan glywodd lais Siôn, yn lle cerdded yn syth tuag ato? Roedd e wedi bod yn fyrbwyll iawn i ymddiried yn Siôn. Lleidr oedd e yn y bôn. Gobeithiai fod Deian wedi mynd i chwilio am rywun i'w helpu.

Yn ystod yr hannei awr a mwy y bu Glyn yn eistedd yn yr oerfel yn erbyn y wal laith, daeth Siôn a'i bartner yn eu holau deirgwaith yn cario bocsys pren. Ni allai Glyn weld llawer yng ngolau fflachlamp Siôn, ond roedd yr hyn a welai yn yr ychydig eiliadau hynny'n ddigon i brofi ei fod wedi datrys y dirgelwch yn gywir. Y cyfan oedd angen ei wneud nawr oedd dweud wrth Huw Antur am yr holl ddigwyddiadau fel y gallai gysylltu â'r heddlu. Ond sut ar y ddaear oedd e'n mynd i lwyddo i gael neges at Huw Antur? Deian oedd ei unig obaith.

Clywai'r lleisiau'n dychwelyd ar hyd y twnnel eto.

'Ma'r cyfan yn barod, felly,' meddai Siôn wrth gyrracdd gyda'r bocsys olaf. 'Gan dy fod ti Glyn wedi 'nal i, mae'n amlwg na alla i ddangos fy wyneb o gwmpas fan'ma byth eto, ac felly dwi 'di penderfynu dod â mwy na'ch eiddo chi'n unig.'

Edrychodd Glyn ar gynnwys y bocsys oedd gan y ddau ddihiryn. Roedd hi'n amlwg fod Siôn wedi penderfynu dwyn offer cyfrifiadurol y gwersyll yn ogystal. Gallai weld camerâu digidol, argraffwyr, ffônau digidol a mwy.

'Lwcus i chdi ddod â'r cwch modur mawr heno, Ems!' meddai Siôn gan wenu unwaith eto ar ei bartner.

Plygodd y ddau i roi'r bocsys yn ymyl y gweddill a throdd Siôn i wynebu Glyn. Dim ond ychydig gentimetrau a wahanai drwynau'r ddau. Siaradodd

135

Siôn yn isel. 'Dwi ddim isho gweld unrhyw driciau rŵan, dallt?' meddai'n fygythiol. 'Dan ni'n mynd i gario'r rhain i fyny'r siafft i'r cwch, a dod i dy nôl di'n ola. Os byddi di'n g'neud unrhyw sŵn, fatha gweiddi neu swnian, mi fydda i'n dy daflu di i'r llyn efo dy ddwylo a'th goesa di wedi'u clymu. Ond os byddi di'n dawel, mi wna i adael i ti gael dy ddwylo a dy goesa'n rhydd. Dallt?'

Nodiodd Glyn ei ben i ddangos ei fod wedi deall pob gair. Y naill ffordd neu'r llall, gwyddai mai bwriad Siôn oedd ei daflu i'r llyn. Fe wyddai hefyd na fyddai gobaith ganddo i gyrraedd y lan heb fedru defnyddio'i freichiau a'i goesau. Penderfynodd beidio ag yngan yr un gair.

*　　*　　*

Wrth i Jac, Deian a Rhodri agosáu at ben pella'r penrhyn, dechreuodd pethau ddigwydd yn gyflym iawn. Yn gyntaf, gwelson nhw Colin yn gorwedd yn y glaswellt ar yr ochr draw i'r penrhyn. Yn ail, dyma nhw'n sylwi ar y cwch modur yn arnofio'n isel yn y dŵr heb fod ymhell iawn o gysgodfan Colin. Yna clywson nhw sŵn olion traed yn camu ar farrau haearn.

Yng ngolau'r lleuad, gallai'r bechgyn weld y 'blanced' a welodd Glyn y noson gynt – sef carthen drwchus wedi'i gorchuddio â glaswellt a blodau gwyllt – yn cael ei symud o'r neilltu i ddatgelu ceuddrws, a hwnnw'n cael ei agor yn araf. Allan o'r ceuddrws daeth dau ffigwr amheus yr olwg. Roedd hi'n rhy dywyll iddyn nhw allu adnabod yr wynebau, ond roedd Deian yn amau oddi wrth y ffordd roedd yn symud mai Siôn oedd un ohonyn nhw. Doedd bosib! meddyliodd. Dechreuodd y ddau ffigwr gario bocsys i'r cwch. Yna, dychwelodd un ohonyn nhw i'r siafft gan ddiflannu unwaith eto. Safodd y ffigwr arall wrth y ceuddrws gan ddisgwyl am ei bartner. Clywyd olion traed ar y barrau haearn unwaith yn rhagor wrth i'r cysgod ddychwelyd gyda bocs trwm yr olwg. Rhoddodd y bocs i'r llall a chariodd hwnnw ef yn ei dro i'r cwch modur tra diflannodd y llall i lawr y siafft unwaith eto.

'Pryd ma' Colin yn mynd i'w helpu nhw, 'te?' sibrydodd Deian yng nghlust Jac. Ysgydwodd hwnnw ei ben. Doedd dim byd yn gwneud unrhyw synnwyr o gwbl. Daliai Colin i orwedd yn y glaswellt yn gwylio'r cyfan. Doedd e ddim yn defnyddio'i sbienddrych bellach. Roedd e'n ddigon agos i weld y cyfan yn glir o gysgod y gwrych gerllaw.

'Beth y'n ni'n mynd i neud, 'te?' gofynnodd Jac gan godi'i aeliau ar Deian a Rhodri. Plygodd Rhodri'n nes tuag atyn nhw gan sibrwd yn isel, 'Mae'n rhy hwyr i un ohonon ni i fynd i chwilio am help. Rhaid i ni aros fan hyn tan i ni weld Glyn. Mae e'n siŵr o fod gyda nhw'n rhywle. Os na wnawn ni ei weld e, fydd gyda ni ddim dewis ond mynd lawr y siafft i chwilio amdano.'

Fel y digwyddodd, doedd dim angen iddyn nhw wneud hynny.

Toc, dyma glywed sŵn traed yn dringo'r siafft yn araf. Gyda hynny, daeth amlinell corff llai na'r ddau ffigwr blaenorol allan o'r ceuddrws. Ai Glyn oedd hwn, tybed? Ie, doedd dim amheuaeth. Heb oedi eiliad, cydiodd un o'r dynion ynddo a'i dynnu allan o'r siafft. Rhoddodd hwnnw Glyn i orwedd ar y ddaear cyn plygu i glymu rhaff am ei goesau. Yna, gyda help y dyn arall, gafaelodd y ddau yn Glyn a'i gario i gyfeiriad y cwch modur gerllaw.

'Rhaid i ni wneud rhywbeth *nawr*!' hisiodd Deian wrth weld un o'r ddau ddyn yn neidio i mewn i'r cwch tra bod y llall yn datglymu'r rhaff oedd yn dal y cwch yn sownd wrth y penrhyn. Taniodd yr injan gan refio'n dawel wrth i'r mwg godi'n gwmwl llwyd yng ngolau'r lleuad.

'Dewch mla'n!' meddai Deian yn ddiamynedd, gan godi ar ei draed a dechrau rhuthro tua'r cwch. Neidiodd yr ail gysgod i mewn i'r cwch wrth iddi adael y lan yn gyflym a'r injan yn refio'n uchel erbyn hyn. Rhedodd y tri bachgen nerth eu traed gan chwifio'u breichiau a gweiddi'n daer. Ond roedd sŵn byddarol yr injan yn boddi unrhyw leisiau. Fedrai'r tri wneud dim ond sefyll wrth lan y llyn yn gwylio'r cwch yn diflannu'n araf i'r nos.

'Beth nawr?' gofynnodd Rhodri mewn panig.

'Chi'n moyn lifft?' gofynnodd llais o'r tu ôl iddyn nhw.

Trodd y tri i wynebu'r hyfforddwr gwgus. Yno, safai Colin yn cydio mewn radio fawr ddu o ryw fath. Cododd y teclyn at ei geg.

'Charlie Tango Un i Charlie Tango Dau. Barod!' meddai mewn llais clir, awdurdodol.

'Pwy yw Charlie Tango?' gofynnodd Jac yn ddiniwed.

'Llythrennau'r wyddor y'n nhw'r twpsyn!' meddai Rhodri'n wyllt. 'Aelod o'r heddlu wyt ti?' gofynnodd gan edrych ar Colin.

Edrychodd Colin arno ond heb ddweud gair. Yr eiliad nesaf roedd golau i'w weld, a sŵn injan cwch modur i'w glywed yn closio tuag atyn nhw o gyfeiriad yr afon. Cyrhaeddodd yn ymyl y pedwar a gofynnodd Colin iddyn nhw eilwaith, 'Chi'n moyn lifft?'

'Ydyn glei!' atebodd Deian gan gamu i gyfeiriad y cwch.

'Reit, mae'n rhaid i chi wisgo'r rhain,' meddai Colin gan daflu siaced achub yr un iddyn nhw. 'Ond cofiwch nad ydych chi i adael y cwch ar unrhyw amod. Dwi ond yn caniatáu i chi ddod achos y bydd eich angen chi ar Glyn pan gawn ni e'n rhydd o afael y ddau ddihiryn 'na.'

Eisteddodd y pedwar yn y cwch a dechreuodd y

gyrrwr refio'r injan yn frwd cyn gadael y lan. Gallai'r criw deimlo'r gwynt yn chwythu'n gryf drwy eu gwalltiau, a theimlo dŵr y llyn yn chwistrellu'n ysgafn i'w hwynebau.

Gwibiodd y cwch yn gyflym ar draws wyneb y llyn a goleuwyd y llwybr o'u blaenau gan lamp bwerus. Gallent weld y cwch arall yn syth o'u blaenau. Ond rhaid fod Siôn a'i ffrind wedi sylwi arnyn nhw'n eu dilyn, oherwydd dechreuodd eu cwch nhw gyflymu.

'Wnest di ddim ateb 'y nghwestiwn i,' gwaeddodd Rhodri ar Colin.

'Ie, aelod o'r heddlu cudd ydw i,' atebodd Colin gan blygu'n agosach. 'Enw'r gyrrwr yw Tom. Mae e'n gweithio gyda fi.'

Edrychodd y bechgyn ar ei gilydd. Roedden nhw yn ei chanol hi nawr!

*   *   *

Teimlai Glyn yn annifyr iawn ar lawr y cwch modur. Gorweddai'n lletchwith ar ben rhai o'r bocsys pren, a gallai deimlo bob ton oddi tano wrth i Ems yrru'r cwch yn gyflym ar draws y llyn i gyfeiriad y Bala.

'Hei, Ems!' gwaeddodd Siôn wrth gamu tuag ato o gefn y cwch. 'Mae rhywun yn ein dilyn ni. Brysia!'

Llamodd calon Glyn. Roedd rhywun yn eu dilyn nhw, felly. Teimlai Glyn yn fwyfwy hyderus wrth glywed hynny. Tybed a oedd rhywun wedi sylwi arnyn nhw o'r gwersyll ac wedi rhybuddio'r Pennaeth? A oedd Huw Antur wedyn wedi rhoi gorchymyn i un o'i staff eu dilyn yng nghwch modur y gwersyll?

Pe gwyddai Glyn mai ei dri ffrind pennaf oedd ond deugain metr y tu ôl iddyn nhw, byddai wedi cael sioc a hanner!

'Siôn!' gwaeddodd Ems gan edrych dros ei ysgwydd. 'Fedra i ddim mynd yn gynt. Mae 'na ormod o bwysau yn y cwch. Bydd yn rhaid i ti daflu rhywbeth allan ohono. Beth am y cyfrifiaduron yna?'

Edrychodd Siôn ar y bocsys ar waelod y cwch, ac yna ar Glyn. Lledodd gwên lydan ar draws ei wyneb a sylweddolodd Glyn gydag arswyd beth oedd arwyddocâd y wên honno.

'Ma' gen i syniad gwell na thaflu cyfrifiaduron i'r dŵr,' meddai Siôn rhwng ei ddannedd, gan blygu i gydio ym mreichiau Glyn.

'Ti'n cofio fi'n deud y byddwn i'n tynnu'r rhaffa oddi ar dy ddwylo a dy draed di?' gofynnodd Siôn i Glyn. Nodiodd Glyn ei ben yn ofnus.

'Wel, deud celwydd o'n i!' chwarddodd Siôn gan godi Glyn ar ei draed a'i lusgo i ochr y cwch. 'Arafa 'chydig, Ems, er mwyn iddyn nhw gael cyfla i ddod yn nes.'

'Pam?' gofynnodd Ems yn ddryslyd.

'Er mwyn iddyn nhw weld hwn yn disgyn i'r dŵr.

Mi fyddan nhw'n siŵr o aros i'w godi o a rhoi amsar i ni ddianc,' atebodd Siôn.

Arafodd Ems y cwch a theimlodd Glyn ei hun yn cael ei dynnu i'r ochr. Roedd ei ddwylo a'i draed yn dal wedi eu clymu'n dynn, a gweddïodd y byddai'r rhai oedd yn eu dilyn yn sylwi arno'n disgyn i'r dŵr. Yna, gydag un hyrddiad sydyn, fe'i gwthiwyd i mewn i'r llyn. Gallai deimlo'r dŵr oer yn chwipio'i groen wrth iddo blymio o dan yr wyneb. Teimlodd ei hun yn codi i'r wyneb a llwyddodd rywsut i'w gadw'i hun rhag suddo. Gallai deimlo golau cryf yn fflachio i'w lygaid cyn iddo ddechrau suddo'n araf unwaith eto i ddyfnderoedd tywyll y llyn.

18

Ar lan Llyn Tegid

'Bydd yn ofalus!' bloeddiodd Colin wrth Tom gan gamu i flaen y cwch. Dechreuodd y cwch arafu gan gadw golau'r lamp bwerus ar Glyn rhag ofn ei golli yn y tywyllwch.

'Shwt allen nhw!' poerodd Deian yn ddig.

Fflachiodd y golau ar wyneb Glyn wrth i'r bechgyn ei wylio'n brwydro i gadw'i ben uwch wyneb y dŵr. Ond roedd Jac yn gwneud mwy na gwylio. Roedd eisoes wedi llwyddo i dynnu'i siaced achub heb i Colin na Tom sylwi, a nawr roedd e'n datglymu'i sgidiau'n barod i blymio i'r dŵr. Fel y nofiwr cryfaf ymysg y bechgyn ar y cwch, teimlai fod yn rhaid iddo wneud rhywbeth i achub Glyn.

Yna'n sydyn diflannodd Glyn o dan yr wyneb.

Cyrhaeddodd y cwch ymyl y cylch o olau, a chyn i neb fedru ei rwystro plymiodd Jac yn syth drwy'r cylch crwn o'r golwg dan y dŵr.

'Jac!' gwaeddodd Colin yn grac wrth iddo sylweddoli beth oedd yn digwydd. 'Wnes i ddweud yn ddigon clir fod neb i fod i adael y cwch 'ma!'

Ond roedd llygaid pawb wedi'n hoelio ar y fan lle plymiodd Jac i'r llyn.

Yn sydyn, ymddangosodd dau ben o'r dŵr. Ie, Jac oedd yno, yn cydio'n dynn yn Glyn. Dechreuodd nofio wysg ei gefn tua'r cwch, gan lusgo Glyn yn ofalus y tu ôl iddo. Roedd ei ffrind yn hollol ddiymadferth a'i ddwylo wedi'u clymu o hyd. Dechreuodd Deian a Rhodri annog Jac yn ei flaen yn frwd, tra bod Colin yn gweiddi cyfarwyddiadau arno. Cyn hir, cyrhaeddodd y cwch a chydiodd Colin a Tom yn y ddau a'u llusgo ar y dec. Gorweddai Glyn ar ei ochr gan besychu'n boenus, a thynnodd Colin gyllell o'i boced i dorri'r rhaff oedd yn ei glymu. Rhwbiodd Glyn ei arddyrnau a'i bigyrnau lle roedd y rhaff wedi bwyta i mewn i'w groen. Ar unwaith, dyma'r cwch yn dechrau cyflymu unwaith yn rhagor i gyfeiriad y Bala. Plygodd Colin i wynebu Glyn.

'Wyt ti'n iawn, Glyn?' gofynnodd yn bryderus, gan chwilio am arwyddion o sioc yn ei wyneb.

'Ydw, dwi'n iawn,' atebodd Glyn araf. 'Diolch i Jac.'

Edrychodd Glyn i gyfeiriad ei ffrind gorau a oedd erbyn hyn yn gwenu'n ôl yn braf arno. Trodd Colin i'w wynebu a chododd ei lais yn grac. 'Fe dd'wedais wrthot ti am beidio â mynd bant o'r cwch yma,' meddai gyda'r wg arferol ar ei wyneb. Yna, daeth newid sydyn dros ei wyneb. Lledodd gwên ar draws ei wefusau wrth iddo estyn ei fraich i roi clap i Jac ar ei gefn. 'Dyna un o'r pethau dewraf dwi erioed wedi'i weld,' meddai wedyn. 'Mae Glyn yn lwcus iawn i gael ffrind fel ti.'

144

Gwenodd Jac yn ôl arno cyn i Colin ei orfodi i wisgo'i siaced achub unwaith eto. Twriodd hefyd o dan un o'r meinciau am siaced achub arall i'w rhoi am Glyn. Roedd Glyn yn dechrau teimlo'n well erbyn hyn ac yn eistedd i fyny ychydig. Teimlai gymaint yn fwy diogel nawr ei fod e gyda'i ffrindiau unwaith eto. Ond roedd un cwestiwn yn dal i'w boeni. Sut ar wyneb y ddaear roedden nhw'n gwybod ble'r oedd e?

'Reit fechgyn, gwrandewch!' gorchmynnodd Colin a'i lais unwaith eto wedi troi'n awdurdodol. 'Gorweddwch yn fflat ar waelod y cwch. Ry'n ni'n mynd i fynd ochr yn ochr gyda nhw i geisio'u perswadio i roi'r gorau iddi. Dwi ddim eisiau i chi fod mewn perygl, felly lawr â chi, glou!'

Drwy lwc, roedd cwch modur yr heddlu gryn dipyn yn fwy pwerus na chwch bach y ddau ddihiryn, felly buan iawn y llwyddwyd i ddal i fyny â nhw unwaith eto. Gorweddodd y pedwar ffrind ar waelod y cwch yn ufudd gan wrando'n astud ar yr hyn oedd yn digwydd o'u cwmpas.

'Siôn! Emyr!' Llais Colin oedd yn torri drwy'r tywyllwch nawr. 'Ry'n ni'n gwybod pwy ydych chi a beth ry'ch chi wedi'i wneud. Gwnewch ffafr â chi'ch hunain nawr a rhowch y gorau iddi. Yn enw'r gyfraith, dwi'n eich gorchymyn chi i arafu'r cwch a rhoi'r gorau iddi.'

Edrychodd Siôn draw ar Colin. Ef bellach oedd yn

llywio'r cwch tra eisteddai Ems a'i ben yn ei ddwylo y tu ôl i Siôn.

Synnwyd Colin o weld Siôn yn arafu'r cwch mor ddidrafferth. Tynnodd Tom ei droed oddi ar sbardun cwch yr heddlu hefyd. Ond wrth iddo wneud hynny dyma Siôn yn troi llyw'r cwch i gyfeiriad cwch yr heddlu gan hyrddio i mewn i'w ochr yn galed. Roedd yr ergyd mor gryf nes achosi i Colin, a oedd yn sefyll ar ymyl y cwch, golli'i gydbwysedd a disgyn yn bendramwnwgl i'r dŵr. Ar yr un pryd, disgynnodd Tom yn ei ôl gan daro'i ben ar yr ymyl. Ceisiodd godi ar ei draed, ond yn ofer. Roedd ei goesau wedi troi'n jeli a gallai weld sêr yn fflachio o flaen ei lygaid. Gorweddodd yn ôl ar lawr y cwch gan ddal ei ben mewn poen. Ar amrantiad, cododd Glyn ar ei draed i gydio'n y llyw. Llwyddodd rywsut i wyro'r cwch i'r dde a'i droi'n raddol i wynebu'r cyfeiriad y daethant ohono.

'Glyn! Beth wyt ti'n neud?' gwaeddodd Deian o'r tu ôl iddo. 'Wyt ti'n mynd i adael iddyn nhw ddianc?'

'Dim gobaith!' meddai Glyn a oedd erbyn hyn wedi llwyr adfer ei nerth a'i hunanhyder. 'Dwi'n mynd i nôl Colin,' meddai'n benderfynol. 'Cydia'n y rhaff 'na, Deian a bydda'n barod i'w thaflu ato.'

Trodd y cwch o amgylch yr ardal lle syrthiodd Colin, a gwelsant ef yn arnofio yn ei siaced achub.

'Colin!' gwaeddodd Deian. 'Ti'n barod?'

Taflwyd y rhaff hir allan i'r dŵr a chydiodd Colin yn y ddolen rwber ar ei phen. Cododd Colin ei fys ar Glyn fel arwydd fod popeth yn iawn. Doedd dim amdani ond bwrw ymlaen i ddilyn y lleill.

'Dyw e ddim yn mynd i gael cyfle i ddianc eto!' meddai Glyn wrtho'i hun yn benderfynol. Roedd e wedi cael llond bol ar Siôn a'i dactegau brwnt!

Erbyn hyn, roedd y ddau gwch yn agosáu'n gyflym tua'r lan ger tref y Bala. 'Bydda'n barod i ddweud wrth Colin am ollwng ei afael ar y ddolen rwber!' gwaeddodd Glyn ar Rhodri, a oedd erbyn hyn wedi dod i flaen y cwch ato. Rywsut, roedd Colin wedi llwyddo i ddal ei afael tra gwibiai Glyn ar draws yr hanner milltir olaf tua'r lan.

'Pam?' gofynnodd Rhodri gan grychu'i dalcen. 'Beth wyt ti'n mynd i neud?'

'Dwi'n mynd i ddangos i Siôn bod dau yn gallu chwarae gêm frwnt!' atebodd Glyn.

Wrth i gwch Siôn arafu a chyrraedd y lan yn ddiogel, parhau i yrru'n gyflym a wnâi Glyn gan anelu'n syth tuag ato.

'Daliwch mla'n, bois!' gwaeddodd Glyn dros ei ysgwydd.

Sylweddolodd Deian a Jac yn sydyn beth oedd ei gynllun. Eisteddodd y tri bachgen ar lawr y cwch gan ddal yr ochrau'n dynn. Sylweddolodd Colin hefyd fod y cwch yn mynd yn rhy gyflym i fedru stopio, a phenderfynodd ollwng ei afael ar y ddolen rwber cyn i Rhodri gael cyfle i'w rybuddio. Ychydig fetrau cyn cyrraedd y cwch arall, penderfynodd Glyn arafu eu cwch nhw'n sydyn er mwyn lleihau'r gwrthdrawiad anochel. Gallai Glyn weld wynebau Siôn ac Ems yn llawn dychryn wrth wylio cwch yr heddlu'n dod yn syth tuag atyn nhw . . .

19

Brecwast hwyr

Cafodd y bechgyn eu deffro'n gynnar y bore canlynol ac arweiniwyd hwy i swyddfa Huw Antur cyn iddyn nhw gael amser i gribo'n gwalltiau na brwsio'u dannedd hyd yn oed. Wedi cyrraedd yr ystafell, gorchmynnwyd hwy i eistedd ar bedair cadair a osodwyd mewn rhes o flaen desg Huw Antur.

'Bore da, fechgyn,' meddai gan wenu arnyn nhw. 'Wnaethoch chi gysgu'n dda?'

Nodiodd y pedwar eu pennau heb wybod yn iawn pam y gofynnwyd iddyn nhw fynychu'r cyfarfod hwn. Safai tri dyn ar yr ochr dde i Huw Antur. Roedd y bechgyn yn adnabod dau ohonyn nhw, ond roedd y trydydd yn ddieithr. Gwisgai wisg heddlu a daliai ei het o dan ei gesail.

'Fechgyn, hoffwn eich cyflwyno i Bennaeth Heddlu'r Gogledd, yr Arolygydd Ioan Huws. Rydych chi'n nabod y Ditectif Sarjant Colin Lewis a'r Ditectif Gwnstabl Tom Ellis yn barod, wrth gwrs?'

Nodiodd y pedwar gan edrych i gyfeiriad Colin a Tom. Roedd rhwymyn am ben Tom, ac edrychai Colin fel petai heb gysgu winc y noson cynt.

Camodd Pennaeth yr Heddlu ymlaen i sefyll yn ymyl Huw Antur.

'Fechgyn,' meddai, a gwên lydan yn lledu ar draws ei wyneb caredig. 'Gawsoch chi noson a hanner neithiwr glywais i!'

Edrychodd y pedwar ar ei gilydd gan wenu'n chwithig ar ei gilydd.

Aeth Ioan Huws yn ei flaen. 'Rwy'n falch o fedru adrodd bod y brodyr Siôn ac Emyr Jones wedi'u harestio a'u rhoi dan glo. Fe ddaethon nhw atynt eu hunain yn weddol sydyn wedi'r gwrthdrawiad, gyda llaw!' ychwanegodd wrth gofio i'r bechgyn adael y lan tra oedd y ddau yn dal ar eu hyd ar y traeth. 'Dwi wedi dod yma y bore 'ma i egluro'n gyflym pam fod heddwas cudd yn gweithio'n y gwersyll, ac i ddiolch o galon i chi am ein helpu ni neithiwr.

'Fel y soniais yn gynharach, dau frawd yw Siôn ac Emyr, neu "Ems" fel y bydd yn hoffi cael ei alw. Mae'r ddau yma wedi bod yn crwydro gwersylloedd Cymru ers tro bellach, gan weithio fel tîm i ddwyn eiddo gwersyllwyr. Maen nhw wedi llwyddo i newid eu henwau'n aml i osgoi cael eu dal, a phan gafwyd problem yng Ngwersyll Caerdydd yn ystod yr haf y llynedd ac wedyn yng Ngwersyll Llangrannog yn ystod y Pasg eleni, roedden ni'n dyfalu mai i Wersyll Glan-llyn y byddai'r ddau'n dod nesaf, ac felly dyma ni'n gosod Colin yn hyfforddwr yma.'

Arhosodd am eiliad i'r bechgyn gael cyfle i wneud

synnwyr o'i wybodaeth. Yna aeth ymlaen, 'Wrth gwrs, daeth Colin yn ymwybodol o'r ffaith mai Siôn oedd yn gyfrifol am y dwyn ychydig ddyddiau'n ôl gyda chriw o blant eraill, ond ni allai brofi dim heb ddal Siôn â'r eiddo yn ei feddiant. Sylweddolodd mai ar y llyn roedd Siôn a'i frawd yn cael gwared ar yr eiddo ddwy noson yn ôl pan welodd e nhw'n llwytho'r cwch rhwyfo o'r lan ger y gwersyll, ond doedd ganddo ddim syniad mai drwy'r twnnel roedden nhw'n cludo'r eiddo.'

'Ond shwt oeddech chi mor siŵr mai Siôn oedd e?' gofynnodd Glyn yn sydyn. 'Achos, wel, roedd e'n berson mor gyfeillgar.'

Gwenodd yr Arolygydd arno. 'Cwestiwn da iawn, fachgen!' meddai. 'Ond mae'n rhaid i ti gofio ein bod ni wedi bod ar drywydd y ddau frawd ers rhai misoedd bellach. Maen nhw wedi dwyn gwerth miloedd ar filoedd o offer gwerthfawr yn ystod y flwyddyn neu ddwy ddiwethaf – nid o wersylloedd yr Urdd yn unig, ond o feysydd carafannau a chanolfannau awyr agored ledled y wlad. Roedden ni'n cadw llygad gofalus ar gofnodion ffonau symudol pob hyfforddwr yn y gwersyll ac fe sylwon ni fod llawer o wybodaeth yn cael ei throsglwyddo o ffôn Siôn i rif dieithr. Galwadau cyflym, negeseuon testun ac yn y blaen, yn rhoi lleoliadau grwpiau o blant ar amseroedd arbennig.'

Torrodd Jac ar ei draws. 'Wnaethon ni sylwi ar

151

hynna!' meddai yn sydyn. 'Pan oedden ni'n bowlio deg y noson o'r blaen, roedd e'n aml yn tecstio neu'n gwneud rhywbeth gyda'i ffôn.'

'Mae'n amlwg i ni nawr mai rhoi gwybod i Emyr oedd e eich bod chi i gyd yn y neuadd bowlio deg a bod y llwybr yn glir iddo yntau fedru mynd i'ch ystafelloedd i ddwyn eich eiddo. Mae'n siŵr ei fod wedi rhybuddio Emyr hefyd pan oeddech chi yn y disgo, oherwydd fe wnaethon nhw lwyddo i ddwyn tipyn go lew yn ystod yr hanner awr cyn ceisio dianc ar y cwch.'

Ysgydwodd Glyn ei ben yn araf. Roedd yr holl wybodaeth yma'n cymylu'i feddwl.

'Mi fyddwn ni'n ffonio'ch rhieni chi i egluro beth yn union ddigwyddodd, rhag ofn i chi fynd i drwbwl adre, ond dwi'n eitha siŵr y bydd eich rhieni'n falch iawn ohonoch chi. Reit, dyna'r cyfan am y tro dwi'n meddwl. Oes unrhyw gwestiwn gyda chi cyn i chi fynd i gael eich brecwast?' gofynnodd yr Arolygydd gan droi at y bechgyn am y tro olaf.

Ysgydwodd y pedwar eu pennau'n araf.

Diolchodd Huw Antur unwaith eto i'r pedwar ohonyn nhw ac i'r tri aelod o'r heddlu am ddod i'r cyfarfod. 'Fe gewch chi fynd i gael brecwast nawr – o'r diwedd!' meddai, a theimlodd Jac ei fol yn gwneud synau rhyfedd i gytuno â'r Pennaeth. Cododd y bechgyn ar eu traed a dechrau cerdded tua'r drws.

'Hei, Glyn,' meddai Colin yn sydyn. 'Mae'n flin 'da fi am dy fygwth di y dydd o'r blaen – ti'n cofio, ar y cwch wrth i chi ddod 'nôl o'r daith gerdded.'

Stopiodd Glyn yn ei unfan gan droi i wynebu'r Ditectif Sarjant. 'Mae'n iawn,' meddai. 'Ond y tro nesa chi'n gwneud rhywbeth fel hyn ac yn gweithio gyda phlant, peidiwch â bod cweit mor gas!'

'Mi wna i 'ngorau i gofio hynny!' atebodd Colin.

A chyda gwên gyflym arall, diflannodd y bechgyn drwy'r drws.

*   *   *

Am unwaith, roedd y bechgyn yn hwyr yn cyrraedd y Caban Bwyta. Wrth gerdded tua'r drws gallent weld fod yr ystafell yn llawn a phawb yn brysur yn gorffen eu brecwast.

'O! Gobeithio'u bod nhw wedi cadw rhywbeth i ni!' cwynodd Glyn, cyn estyn i agor y drws. Gyda hynny clywyd bloedd enfawr a dechreuodd bawb gymeradwyo'n uchel gan daro'u llwyau ar y byrddau a chwibanu dros y lle i gyd. Safodd rhai ar ben y meinciau gan glapio'u dwylo uwch eu pennau. Gwenodd y pedwar bachgen wrth weld pawb yn chwifio'u heiddo coll. Edrychodd Glyn i gyfeiriad y merched a gwelodd Megan yn edrych yn ddiolchgar arno gan ddal ei chamera a'i ffôn symudol. Winciodd Rhodri ar Bethan wrth iddi chwifio'i *i-pod* a'i sychwr gwallt tuag ato. Cerddodd y bechgyn drwy ganol y Caban Bwyta tuag at Neli a oedd wedi gosod bwrdd yn barod ar eu cyfer gyda llond plât yr un o facwn, selsig, madarch, tomatos, wyau, ffa pob a thost arno.

Ac roedd pedair powlenaid o jeli coch yno hefyd!

Dyma nofel gyntaf yr awdur ifanc, talentog, Gareth Lloyd James. Yn enedigol o Gwmann ger Llanbedr Pont Steffan, mae Gareth bellach wedi ymgartrefu yn Aberystwyth. Mynychodd Ysgol Gynradd Coedmor ac Ysgol Gyfun Llanbedr Pont Steffan cyn ennill gradd yn y Gymraeg ym Mhrifysgol Aberystwyth yn 2001. Tra'n fyfyriwr yn Aberystwyth, ymddiddorodd mewn barddoniaeth ac yn y cynganeddion yn arbennig, gan ennill Cadair Eisteddfod Genedlaethol yr Urdd, Llŷn ac Eifionydd, yn 1998.

Ar ôl graddio, astudiodd i fod yn athro a bellach mae'n Ddirprwy Bennaeth yn Ysgol Gymraeg Aberystwyth. Mae hefyd yn weithgar iawn gyda'r Urdd a bu'n Llywydd y mudiad rhwng 2007 a 2008. Mae Gareth hefyd yn Is-Gadeirydd y Pwyllgor Gwaith ar gyfer Eisteddfod yr Urdd Ceredigion 2010.

HOLI'R AWDUR

Pam mynd ati i ysgrifennu nofel?

Mae syniadau ar gyfer ysgrifennu i blant wedi bod
yn crynhoi yn fy meddwl ers blynyddoedd a dweud y
gwir. Dim ond yn ddiweddar iawn dw i wedi mynd ati
i ysgrifennu o ddifri. Fel athro ac un â diddordeb
mawr mewn llenyddiaeth, ro'n i'n gweld prinder yn y
ddarpariaeth o lyfrau Cymraeg anturus i blant, yn
enwedig felly i fechgyn. Dw i hefyd yn cofio darllen
erthygl gan y diweddar T. Llew Jones, lle'r oedd e'n
mynegi ei bryder am ddyfodol darllen ac yn sôn fod
gormod o lyfrau plant heddiw yn rhai sydd wedi eu
cyfieithu i'r Gymraeg. Rhoddodd ei eiriau e rhyw
gic i mi fynd ati i ysgrifennu. Cofiwch chi, doeddwn i
ddim yn siŵr iawn os oedd gen i'r gallu i wneud
hynny'n iawn!

At bwy mae'r nofel wedi ei hanelu?

Ar y cyfan, mae'r nofel ar gyfer plant rhwng tua
9 a 12 oed. Am wn i mai ysgrifennu ar gyfer cynulleidfa
o fechgyn oedd fy mwriad, er y dylai merched
fwynhau'r gwaith lawn cymaint wrth gwrs. Mae
plant fy nosbarth i yn Ysgol Gymraeg Aberystwyth
eisoes wedi cael blas ar ddarllen y nofel!

Sut y byddech chi'n disgrifio'r nofel?

Wel, fel mae'r teitl yn ei awgrymu, nofel ddirgelwch yw hon sy'n dilyn anturiaethau criw o blant ar daith breswyl i Wersyll yr Urdd, Glan-llyn. Mae'r prif gymeriad, sef Glyn, a'i ffrindiau pennaf Jac, Deian a Rhodri, yn fechgyn drygionus a direidus dros ben, ac mae trwbwl yn eu dilyn nhw i bobman. Maen nhw'n aml yn mynd o dan groen eu hathro, Mr Llwyd, sy'n ei chael hi'n anodd iawn i reoli'i ddisgyblion.

Ar y llaw arall, mae'r merched yn y nofel yn ymddangos fel angylion. Maen nhw'n dda am wneud popeth, ond maen nhw hefyd yn mynd dan groen y bechgyn gyda'u triciau twyllodrus. Er i'r bechgyn feddwl eu bod nhw'n anorchfygol, mae'r merched yn eu profi i'r gwrthwyneb!

Wrth i'r plant fwynhau tridiau yn y gwersyll, dilynwn y bechgyn o weithgaredd i weithgaredd gan flasu ychydig ar fywyd yng Nglan-llyn. Ond nid ymweliad cyffredin â'r gwersyll yw hwn, fel y cewch weld o ddarllen y nofel!

Os hoffech chi ofyn cwestiwn neu os oes gennych chi sylwadau am y llyfr, mae croeso i chi gysylltu â'r awdur dros ebost ar y cyfeiriad canlynol:

awduron@gomer.co.uk

Gwersyll yr Urdd **Glan-llyn**

Gwyliau ar eich cyfer chi!

Reit de, rwyt ti wedi darllen y llyfr, felly beth am ddod i Lan-llyn i brofi gwefr y gweithgareddau drosot dy hun!

Canwio ar Lyn Tegid, dringo creigiau, cerdded mynyddoedd a bryniau Eryri, gwibio mewn cwch hwylio cyflym ar draws y dŵr, gweithio fel tîm i adeiladu rafft (a'i phrofi i weld os yw'n arnofio!), gwersylla yn y gwyllt, dysgu sgiliau gwyllt-grefft sef cynnau tân gan ddefnyddio darn o bren, hyrddio eich hunan oddi ar lwyfan yn uchel yn y goedwig ar siglen anferth y cwrs rhaffau, cyfeiriannu yn y nos, rafftio dŵr gwyn ar Afon Tryweryn, bowlio 10, disgo, dawnsio gwerin, nofio yn y pwll, y bifi bythgofiadwy ar ochor y mynydd. Hyn i gyd a mwy tra'n mwynhau cwmni ffrindiau yr un oed â chi o bob cwr o Gymru!

Am fwy o wybodaeth ewch i safle we
www.urdd.org/glanllyn

urdd.org   ATGA   MLTW   RYA Canolfan Hyfforddi

urdd.org

*Cadwch lygad allan hefyd
am y llyfrau diweddaraf
yng nghyfres CAWDEL!*

CYFRES
CAWDEL